27ª edição

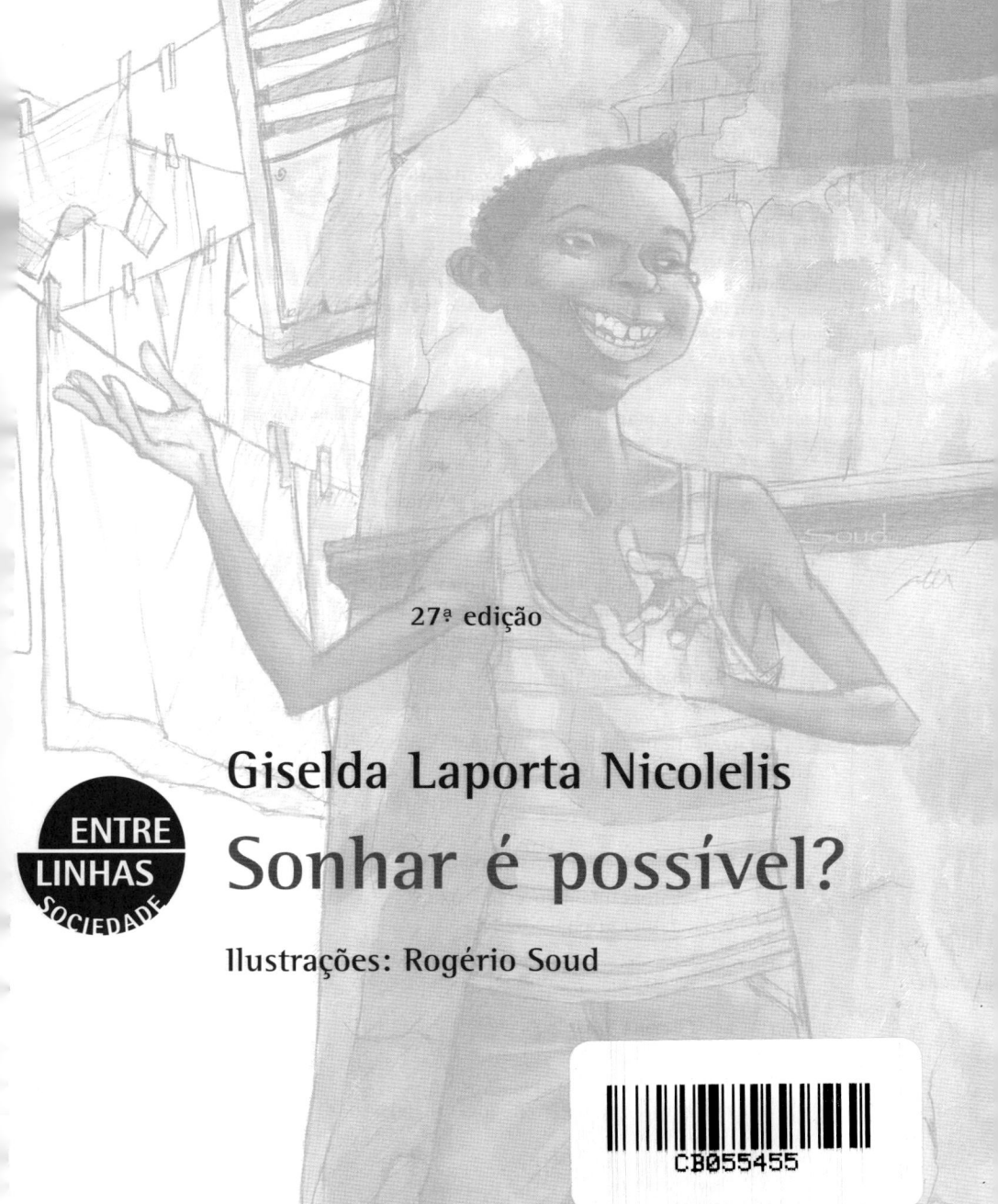

Giselda Laporta Nicolelis

ENTRE LINHAS
SOCIEDADE

Sonhar é possível?

Ilustrações: Rogério Soud

Atual Editora

Série Entre Linhas

Editor • Henrique Félix
Assistente editorial • Jacqueline F. de Barros
Revisão • Pedro Cunha Jr. (coord.)/Elza Gasparotto/Célia Camargo/Renato Colombo Jr.
Debora Missias/Edilene Santos/Camila Santana/Cid Ferreira

Gerente de arte • Nair de Medeiros Barbosa
Supervisão de arte • Marco Aurelio Sismoto
Diagramação • Lucimar Aparecida Guerra
Projeto gráfico de capa e miolo • Homem de Melo & Troia Design
Coordenação eletrônica • Silvia Regina E. Almeida
Produção gráfica • Rogério Strelciuc
Impressão e acabamento • **Vox Gráfica**

Suplemento de leitura e projeto de trabalho interdisciplinar • Nair Hitomi Kayo
Preparação de texto • Elza Gasparotto

Dados Internacionais de Catalogação na Publicação (CIP)

Nicolelis, Giselda Laporta
  Sonhar é possível? / Giselda Laporta Nicolelis ; ilustrações Rogério Soud — 27ª ed. — São Paulo : Atual, 2009. — (Entre Linhas : Sociedade)

  ISBN 978-85-357-0650-5

  1. Literatura infantojuvenil I. Soud, Rogério. II. Título. III. Série.

                                              CDD-028.5

Índices para catálogo sistemático:

1. Literatura infantojuvenil   028.5
2. Literatura juvenil   028.5

14ª tiragem, 2021

Copyright © Giselda Laporta Nicolelis

SARAIVA Educação S.A.
Avenida das Nações Unidas, 7221 – Pinheiros
CEP 05425-902 – São Paulo – SP – Tel.: (0xx11) 4003-3061
www.coletivoleitor.com.br
atendimento@aticascipione.com.br

Todos os direitos reservados

CL: 810381
CAE: 576001

Sumário

Cinco horas 5

Seis horas 9

Sete horas 13

Oito horas 17

Nove horas 21

Dez horas 25

Onze horas 29

Meio-dia 33

Treze horas 37

Catorze horas 41

Quinze horas 45

Dezesseis horas 49

Dezessete horas 53

Dezoito horas 57

Dezenove horas 61

Vinte horas 65

Vinte e uma horas 68

Vinte e duas horas 72

Vinte e três horas 76

Meia-noite 80

Uma hora 84

Duas horas 88

Três horas 92

Quatro horas 96

A autora 100

Entrevista 101

Tudo o que não se pode compartilhar esvai-se em pó.

(Virginia Woolf)

A todos os habitantes dos cortiços do Bixiga, da Mooca, de Santa Cecília, Higienópolis, etc., onde, nem sempre, é possível sonhar...

Cinco horas

O rádio de pilha começa a tocar no mais alto som num ponto qualquer do casarão e, como se fosse uma epidemia, dezenas de outros rádios ressoam em uníssono, avisando que o cortiço despertou.

Doralice, a zeladora de quintal, mandachuva local, reclama, azeda:

— Diacho de gente que já acorda de rádio ligado!

Olha o lugar vazio na cama estreita que pretende ser de casal; o marido saíra havia pouco para pegar bom lugar na fila do banheiro lá fora. No beliche onde dormem os três filhos, como grande sanduíche triplo, a caçula choraminga:

— Tô com fome, mãe.

— Espera, menina; tô atrasada pra pôr ordem no muquifo.

No quintal, junto aos três chuveiros de água fria e às cinco latrinas, duas entupidas, já estoura o bochincho àquela hora da manhã:

— Sai logo, ó cara, a hora tá correndo...

— Pensa que tem suíte, companheiro?

Doralice aparece, cara de poucos amigos.

— Que é que há?

— Lá vem zorra; acordou de mau humor?

— Não vem que não tem, cinco minutos pra cada um. — Doralice dá um soco na porta da latrina onde alguém se trancara sem disposição de sair.

Em seguida a porta se abre, e o Melquior, motorista de frota que raramente sorri, reclama:

— Arre, será que um cristão não pode mais se trancar pras necessidades?

— Cinco minutos — repete Doralice.

E o outro não dá nem um pio. Conhece de sobra o gênio da zeladora, mulher capaz de quebrar o braço de qualquer homem; vive na delegacia do bairro, respondendo queixa de algum habitante daquela colmeia humana.

— Tem café, mulher? — pede o Benedito, o marido, operário de construção que aguarda resignado a sua vez na fila.

Doralice nem responde. Logo adiante, na fila dos chuveiros, a coisa ferve, mesmo sem água quente.

— Ó Doralice! — grita o Dantas, conhecidíssimo no cortiço porque não faz mais nada na vida, a não ser cálculos sobre uma possível herança que deve receber qualquer dia desses; coisa de louco, que engloba algo do tamanho de uma cidade inteira, um pequeno reino.

— Que foi Dantas? — replica a zeladora, sem nem mesmo virar a cabeça, ocupada com o bom andamento da fila.

— Não tem água nesta joça — avisa o homem, enrolado numa toalha, meio caminho entre o chuveiro e o quarto. — Como é que se toma banho sem água, Doralice?

— De cuspe — Doralice ri da própria resposta.

— De cuspe toma você na conversa fiada todo mês com a dona desta porcaria — diz alguém atrás dela.

Ela se vira num átimo, mas já nem vê a boca aberta de quem falou e já se encolheu.

— Quem foi?

Silêncio na fila.

— Além de tudo é covarde...

— Mas tem razão, né, Doralice? — arrisca o marido sem jeito.

— Razão de quê?

— Sem água não dá.

— Entupiu o cano, cadê seu Zé?

Seu Zé é o aposentado que vive com a mulher, a dona Zu, num dos cômodos menores e mais baratos e entende alguma coisa de encanamentos; em geral quebra os galhos do cortiço; por isso é o braço direito da Doralice.

— Foi internado, lembra? — comenta a Rosa-Margarida, varredora de rua. — Tá ruim o pobre coitado.

— É mesmo. — Doralice coça a cabeça desanimada. — Até me esqueci. Também com o trabalho que isto me dá...

— O que ele tem? — o Juca-encosto, cobrador de ônibus, vive apavorado com doenças.

— Tuberculose — resmunga a Rosa, dando um passo na fila. — Está nas últimas...

— Minha nossa! — O Juca até se benze. — Bem que a gente ouvia o pobre tossir que se matava lá no quartinho.

— Também com aquela umidade — lembra o Severino, camelô da praça da Sé, sempre às voltas com a polícia.

— Verte água pelas paredes; pobre da dona Zu — confirma a Rosa.

Dona Zu, tão magra que nem parece ter carne sobre os ossos cheios de reumatismo, por causa das paredes molhadas, cobertas de mofo.

— Que vida, que vida! — Doralice interrompe a conversa. — Vocês não têm outro assunto? Sempre reclamando de tudo!

Tão perto do serviço, não tão? Nem precisam tomar condução. Se não tão contente, por que não se mandam pra um favelão?

— Cadê o dinheiro pra comprar barraco, santa? — pergunta o Joel, vigilante bancário.

A Rosa dá mais um passo na fila, pensando quanto teria de varrer de rua pra juntar dinheiro suficiente.

— Fora a mudança, né? — completa o Joel. — Se não fosse tão caro, juro que me mandava; pelo menos tinha casa só minha.

— Já que é tão caro, se conforma com o cortiço do Bixiga, meu mano — conclui a Doralice, ajeitando o crespo dos cabelos. — Afinal isto aqui é um belo casarão...

— Fedido, escuro e úmido, uma beleza — ironiza a Rosa-Margarida, recebendo um olhar de ódio da outra. — Bom mesmo é pra dona, que vem uma vez por mês, de carrão, receber a grana.

Logo adiante, num dos cubículos, a Sandrinha acorda com o barulho lá fora, mexe no beliche o corpo sofrido, atenta à triste realidade de mais um dia...

Seis horas

Doralice enxuga o suor do rosto. Graças a Deus o pior já passou, o mais duro do dia; a hora de a turma se mandar pro serviço, aquela desgraceira de fila de chuveiro e latrina. As crianças berrando de fome por todo o cortiço, à espera de café, mamadeira, peito, o que fosse. As mães que trabalham fora recomendando os filhos pras que não saem; quem está doente pedindo remédio, "Deus lhe pague, companheiro", "Que é isso, vizinho é pra essas coisas".

A tristeza de saber o seu Zé nas últimas — sempre tão prestativo: "Precisa de ajuda, Doralice?", trocando borrachinha de torneira pingando, consertando fechadura quebrada, repondo vidro que a molecada arrebentou com a bola. Isso quando sobra grana. De forma geral, a turma se vira com papelão nas janelas ou escorando porta com cadeira; mas torneira pingando não dá — já imaginou a conta no fim do mês?

Fim do mês. Nossa, nem viu o mês passar. Hora de recolher os aluguéis, após a costumeira choradeira. Caloteiro ali ela não admite de jeito nenhum. Nem com desculpa de doença, nem desemprego, nem filho pra nascer ou filho pra morrer, mas de jeito nenhum mesmo. Como é que vai ficar perante a dona Márcia, uma mulher tão educada que vem naquele carrão novinho em folha receber o dinheiro?

— Como vai, Doralice, tudo bem?

— Tudo bem, dona Márcia, a senhora engordou.

— Você acha? — A outra faz uma expressão contrariada.

— Mas tá mais bonita.

— Que nada; a gente abusa um pouco, já viu. Vou voltar a fazer ginástica pra perder esses quilinhos extras.

Dona Márcia subindo a escadinha do casarão muito rápida, sem cumprimentar ninguém, batendo os saltos dos sapatos.

— Enxerida — desabafa a Rosa-Margarida quando encontra a locadora do casarão que pertence ao espólio de um cara tão rico que, dizem, o túmulo dele lá no cemitério do Araçá é maior que o maior dos cubículos sublocados pela danada da madame, que sabe mesmo é bater os saltinhos novos nos degraus gastos pelo tempo, mármore afiado que já levou muito dente, cortou muito joelho de criança do cortiço.

— Mulher muito delicada, muito fina, viu? — defende a Doralice num muxoxo.

— Então, tá, santa — replica a outra —, pudera. Você ganha o melhor quarto da casa junto ao tanque pra cuidar de tudo, ser o cão fiel da dona Márcia...

— Cão fiel é a sua vó! — Doralice estufa o peito, enquanto a Rosa-Margarida, magriça, miúda, desaparece.

— Bajula, bajula, que qualquer dia ela dá pra você o papel do bombom que ela come — grita de longe, na maior gozação.

— Essa não tem jeito. — Doralice, irritada, deixa pra lá. Tem mais coisa que fazer na vida. Ver se não há criança trancada dentro dos quartos, virando litro de álcool, mexendo em remédio, se queimando com fogão, vela — ah, meu Deus, como a pobre Sandrinha, que quase se matara, depois que a mãe saíra pro trabalho, no turno da noite, ao pôr fogo na caminha, quando faltou luz no cortiço. Haja paciência, haja responsabilidade, tudo em troca daquela porcaria de quarto que não fede menos nem é menos abafado ou escuro, apenas é de graça, ao lado do abençoado tanque de cinco torneiras, onde logo mais vai começar novo bate-boca, quando as mulheres forem lavar a louça do café, a roupa suja do dia anterior...

Bem que ela disse pro marido quando chegara ao cortiço e vira dois caras se pegando de faca logo no corredor:

— Você me trouxe pro inferno, aqui eu viro cão. "Não esquenta, Doralice, toca a vida pra frente", pensa. O jeito é recolher o bendito aluguel dos retardatários e caloteiros e expulsar os sem-vergonhas que não faltam por ali. Como o Rubão, aquele safado, que ela está à mira dele, ora se está.

Rubão — cabelos tingidos de loiro, boa-pinta, olhos azuis desbotados e pele clara, que arrota muita arrogância e vive bem, todo mundo sabe de quê. Tem dias que nem sai, espera a turma se xingar nas filas dos chuveiros e das latrinas — pra aparecer depois, no meio da manhã, bem-dormido e no sossego pra tomar um banho regalado, fazendo barba, todo maneiro, mexendo com a Doralice:

— Pedaço de mau caminho, quando é que a gente se cruza?

— No dia de São Nunca, branquelo de uma figa — devolve a Doralice.

Já se viu homem assim desavergonhado, sabendo que ela é casada com um cabra tão ciumento que não ia precisar muito pra tirar aquele riso da boca do Rubão?

— Tudo isso é medo, paixão? Acabei de sonhar com você.

Doralice fica vermelha, o rubor subindo do peito pro rosto. Sabe que é bonita, o próprio marido não nega. A mulher mais bonita da cidadezinha de onde tinham vindo no interior de Pernambuco.

— Ai que sonho bom. — O Rubão requebra o olhar.

— Safado.

— Gostosa.

Rubão se tranca no chuveiro, a água cantando no piso. Esse dia, sem saber por quê, a Doralice ganha a manhã; qualquer coisa boa vibrando dentro dela — um tesão. Até se compadece da Abrica, a cadelinha que arrasta os quartos pelo quintal do cortiço, uma catinga de doer. Cadela sem dono que por lá aparecera e por lá ficara, à custa do resto das panelas e do carinho das crianças.

— Viu passarinho verde, Doralice? — Sorri a dona Zu, tão seca a pobre que se poderia dobrar e guardar numa mala, moldura de gente.

— Nada, não, dona Zu, tô alegre, só isso.

— Cuidado, mana, que certa alegria leva sangue no rastro.

Miúda, franzina, a pele do rosto repuxada de cicatrizes das queimaduras, a Sandrinha sai para o quintal do cortiço, enquanto a mãe, a Creuza — que já voltou do serviço, uma boate onde ela toma conta do banheiro das senhoras —, começa a limpeza do quarto, tonta de sono e de mau humor.

Sete horas

Estoura o previsto bate-boca na beira do tanque de cinco torneiras. A Josefa, grávida de oito meses e mais seis filhos, o mais velho com dez anos e o menor mal andando, é a que mais reclama:

— Arre, gente, deixa eu lavar primeiro essas roupas, tô que não me aguento... Também o que tenho passado de nervoso nesta gravidez...

— Pudera — se intromete a dona Zu, que tudo ouve e tudo sabe no cortiço —, com esse marido que você arranjou...

— O Ivanilson não tem culpa — defende a Josefa. — Roubaram todos os documentos dele, agora só trabalha de bico, ajudando a carregar caminhão.

— Claro que tem — continua a outra —, faz sentido tanto filho, mulher? Sete em dez anos, não sabe parar?

— De que jeito, dona Zu? Me ensina que eu faço. Olha que este resistiu à pílula anticoncepcional, e até resistiria a dona Euvriges, o sem-vergonha.

— Aquela safada. — A Zu cospe no chão com desprezo. — O que já aleijou de mulher, com aquelas ferramentas imundas dela. Qualquer dia, juro que dou parte dessa condenada sem mãe.

O rebu cresce na beira do tanque. Cada qual tem uma experiência terrível pra contar. Dona Euvriges é aborteira conhecida no bairro, atende a qualquer hora, cobra até em prestações, mas sempre caro. Dizem que já matou algumas — que remédio? "Clínica chique e limpa é pra madame que tem dinheiro pra aborto. Pra mulheres como as do cortiço, sobra a dona Euvriges, com aquela cara de bruxa, os cabelos vermelhos e uns olhos estranhos que parecem enxergar dentro das pessoas", pensa a Josefa, com asco. E dizem também que a Euvriges anda reclamando que agora apareceu um tal remédio, vendido no câmbio negro, que faz o que ela sempre fez, e ainda por cima está levando sua freguesia embora.

— E como é que vocês estão se arranjando? — pergunta a Nava. Viúva, sete filhos, costureira de confecção, trabalha em casa e é muito mal paga.

— Arranjando? Como Deus quer... — devolve a Josefa, segurando a barriga. — Criança chorando de fome, me deixando louca. O que eu posso fazer? Cada vez que fico grávida me mandam embora do emprego.

— Essa gente não tem compaixão mesmo — concorda a Nava. — Ouvi dizer que exigem até exame de urina antes de contratar funcionária nova, pra garantir que não está prenhe. Ter mau patrão é uma desgraceira, eu que diga.

— ... Ganhando uma miséria dessas pros donos da confecção venderem a peso de ouro nas butiques — concorda a Valdirene, azeda, de passagem a caminho do escritório onde é recepcionista.

— O que se vai fazer? — suspira a Nava.

— Eu, hein? Nem morta. — A Valdirene passa, chacoalhando os brincos dourados, tensa como a corda de um arco.

— Diz que se matriculou num curso pra ser artista de novela, imagine só — observa a Josefa, quando a outra vira as costas.

— Sempre se pode sonhar, né? — diz a Zulmira, juntando a roupa lavada. — Isso pelo menos é de graça.

— Agora é minha vez... — Recomeça a briga pelo tanque, pelas benditas cinco torneiras.

— Lava essa roupa de uma vez, gente — estimula a Doralice. — Todo dia é a mesma discussão, já disse pra formar fila...

— Que fila, que fila? — A Josefa avança, o barrigão como proa de barco. — Será que até pra entrar no céu tem fila, meu Deus?

— No céu? Lá é que não tem fila nenhuma... — A Nava dá passagem. — O inferno sim é que não deve ter vaga, minha filha, igualzinho aqui.

Alheio ao bochincho das mulheres na beira do tanque, lá em seu quartinho mal-iluminado e úmido, o Dantas revê pela milésima vez a papelada toda que lhe garante — segundo o dr. Maurício, um jovem advogado que se interessou pela causa dele e concordou em só receber honorários no fim do processo — a posse da fazenda Rio do Marinheiro, uma enormidade de terras dadas em sesmaria há centenas de anos a um antepassado seu, agora uma cidade inteira do interior paulista.

O Dantas coloca os óculos colados com durex, relê tudo, sabe até de cor — que importa? O dr. Maurício garantiu que a causa é ganha, falta apenas um papel, um mísero papel, uma tal de certidão vintenária... pra ele entrar na posse definitiva das terras.

O Dantas faz planos sobre a cama coberta por uma velha manta vermelha que mal agasalha.

— A igreja aqui desta cidade eu dou para o vigário, é isso. A protestante para o pastor, o centro espírita para os espíritas, assim não dá briga e o povo fica meu amigo.

Entra no quarto o Risadinha, um garoto franzino de uns doze anos que vive fuçando pelo cortiço, a plateia mais atenta e sincera do Dantas.

— Dividindo de novo, seu Dantas?

— Entra, Risadinha — diz o outro, satisfeito. — Vem ver: os locais de culto eu vou dar todos para o povo do lugar.

— E o resto?

— Que resto?

— Credo, seu Dantas, tem coisa demais numa cidade...

— Eles que comprem tudo de novo de mim, ué — afirma categórico. — Só faço algumas exceções, hum, talvez pro fórum se o juiz e o promotor forem legais, não me atrapalharem, né? O resto que comprem tudo.

— Haja dinheiro, né, seu Dantas?

— É, haja dinheiro.

— A coisa vai ferver por lá. E se eles quiserem matar o senhor?

— Vira essa boca pra lá, Risadinha — se enfurece o homem. — Não tem coisa melhor pra pensar?

— Sempre é bom prevenir...

— Vamos falar em coisa boa, senão atrai ruindade. Já escolheu onde quer o seu terreno?

— Vou ganhar mesmo?

— Lógico que vai; prometi, não prometi?

— Ah, pode ser bem perto da praça, seu Dantas. — O Risadinha sorri, confiante. — Se possível com uma casa em cima...

— Tá querendo demais...

— Pra quem tem uma cidade inteira... — O Risadinha ri, escancarado.

Fora do quarto a Sandrinha vai a esmo, pelo quintal do cortiço, ouvindo a conversa das mulheres, vivendo por empréstimo, de alegrias e dores alheias, a vida que parece estancou dentro dela, parado o tempo no meio das cicatrizes.

Oito horas

Logo mais a dona Márcia apontará no cortiço; a Doralice confere os aluguéis, tudo em ordem. De alguns custou arrancar o dinheiro; a vida anda dura pra todo mundo — que fazer? Até a dona Zu, sempre tão certa no pagamento, ainda tentou um adiamento com a desculpa do marido doente, internado, tem gastado demais com a condução.

— Paciência, dona Zu, tenho de entregar tudo pra dona Márcia.

— Puxa, Doralice, o Zé sempre ajudou tanto você, só uns dias...

— Dá um abraço no seu Zé quando for ao hospital, sinto muito mas me passa aqui o dinheiro todo.

— E se eu não tiver?

— Azar o seu, dona Zu. Dona Márcia manda botar pra fora, e eu cumpro a ordem.

"Olhar engraçado da dona Zu. Sei lá o que no fundo daqueles olhos, dor, revolta, ódio? Que se lixe, paga o menor quarto do cortiço, o mais barato. É culpa dela, Doralice, se o seu Zé adoeceu, culpa dela as mazelas do mundo? Depois, o que gasta aquela mulher? Nada. Uma sopa, um chá, a parte dela na luz e na água, uma merreca. Eta povo choramingueto. Não tem a aposentadoria do marido, pois então?" No afã quase tromba com o Nanico, ex-anão de circo, agora vendedor de bilhete de loteria; quer dizer, oficialmente, porque todo mundo sabe que ele é cambista de jogo de bicho, ali no Bixiga.

— Vai um milhar, Doralice?
— Eu, hein?
— Borboleta treze; milhar na certa, Doralice.
— Tenho mais que fazer que arriscar em borboleta.
— Tá é jogando a sorte fora, olha lá.

"Sorte, que sorte? Isso lá é coisa da dona Zu; desde que a conheço arrisca uma fezinha, tanto faz, nunca deu nada, depois vem com a história de atrasar aluguel." Dá de ombros, vai cuidar da vida.

Nanico bate na porta do quarto da dona Zu. Cabra educado. Zu aparece, desolada!

— Estou lisa, Nanico, a Doralice me levou tudo agorinha mesmo.
— Que é isso, dona Zu? Pra senhora eu fio.
— Se ganhar, Nanico, juro que você não se arrepende.
— E eu não sei, dona Zu? Vai na borboleta, olha só que lindura...
— Bem que eu tava merecendo, o Zeca se finando naquele hospital, se ele morre, com a minha pensão do INSS eu não pago nem a luz deste quarto.
— Não se amofine, dona Zu — o Nanico anota com absoluta fé o milhar na borboleta —, não se amofine que desta vez a sorte bate...
— Que os anjos digam amém.

Nanico sorri, entrega a papeleta com o carimbo, dona Zu é de confiança, velhinha fina está ali.

— E o circo, Nanico?

— Que circo, dona Zu? Os estrangeiros já vêm com a trupe completa; os circos daqui estão caindo aos pedaços. Bons tempos aqueles em que um artista como eu tinha vez.

— Vai melhorar.

— Só pode; piorar impossível.

— Quando corre?

— Hoje mesmo, dona Zu, esqueceu? É quarta-feira.

— Virgem, é dia de visita lá no hospital, tenho de chegar cedo, senão o Zé reclama.

— Dá um abraço nele por mim, diga que o cortiço não é mais o mesmo sem ele.

— Será dado, muito obrigada.

— Tchau, dona Zu.

— Eu acerto depois, viu, Nanico?

De passagem o Nanico ainda vê a Doralice fazendo as contas lá no quarto, de porta aberta pra entrar claridade.

— Não quer mesmo, Doralice?

— Cai fora, homem.

Sai rindo. Dá uma passada lá no ponto de bicho, aproveita, deixa a aposta da dona Zu. Na volta, cruza com o Santo, morador também do cortiço, que vem pálido, parece que correu de alguma coisa ou de alguém.

— Me faz um favor, Nanico? — pede o outro, arquejante.

— O quê?

— Guarda pra mim este pacote que vou ali e já volto.

— Por quê?

— Ué, vou ali e já volto, já disse...

— Que tem no pacote?

— Coisa à toa, guarda um instante, tá? — O Santo olha para os lados, ressabiado.

— Se é coisa à toa, por que não leva você mesmo?

Nanico é vivo, sabedor das engrenagens da vida. Sabe que o Santo é barra-pesada.

— Se vira, mano, que isso é quente...

— Custa um favor pros amigos?

— Me deixa.

Nanico afasta num safanão a mão insistente que oferece o pacote. O outro, porém, é mais forte. Enfia à força o pacote no sovaco dele, e sai a jato, como se tivesse visto o diabo, pulando muro nos fundos do cortiço.

— Desgraçado! — reclama o Nanico, tirando o pacote do sovaco, louco da vida pra olhar o que é.

Não dá tempo. O camburão chia os freios na porta do cortiço, pulam quatro meganhas de lá, o mais rápido agarra o Nanico com brutalidade.

— Tudo aqui, o outro deixou a muamba com o anão.

— Pelo amor de Deus! — se afoba o Nanico —, o Santo me enfiou isso à força agora mesmo...

— Cala a boca! — O murro é tão violento que o Nanico começa a sangrar pelo nariz.

Dedo na boca, olhar espantado, a Sandrinha, atrás de uma árvore, tudo vê, nada perde, ensaia um grito diluído na sirene do camburão que se afasta, em alta velocidade, correndo o risco de atropelar alguém...

Nove horas

O carrão importado encosta de leve na frente do cortiço e dele desce uma mulher bem-vestida, mais gorda que magra, ar contrafeito. Começa a subir os degraus quebrados. Como que adivinhando a chegada da mulher, no topo da escada aparece a Doralice, com um sorriso escancarado:

— Bem na hora, hein, dona Márcia?

Dona Márcia se desembaraça rápido do abraço semiesboçado, entra no cortiço sem cumprimentar ninguém, ignora as rodinhas de mulheres junto aos tanques, estendendo roupas nos varais. Nem das crianças ela toma tento, passa rápido em direção ao quarto de Doralice, que já está arrumado à espera da visita. Uma das filhas brinca sobre a cama, a mãe enxota:

— Vai brincar no quintal, menina!

Doralice puxa a única cadeira, onde dona Márcia se senta após cuidadoso exame.

— Recolheu tudo, Doralice?

— Tudinho, dona Márcia. Alguns sempre reclamam, né, sorte sua ter eu aqui, sabe? Se não tivesse uma pessoa durona pra cobrar essa gente, a senhora estava perdida...

— Claro, Doralice, por isso mora no melhor quarto da casa — revida dona Márcia, seca.

— Mas que é difícil é, a senhora nem imagina. Uma mulher fina ter de lidar com esse povo, já pensou?

— Estou com pressa, Doralice, vamos ver as contas.

— Tá tudo aqui. — A Doralice abre a gaveta da cômoda, que serve também de mesa, tira uma caixa velha de sabonetes onde guarda o dinheiro.

— Cheirosinho ainda por cima.

— Ótimo. — A mulher conta rápido o dinheiro e se levanta. — Ainda tenho de passar nas outras casas...

— Quer alguma coisa, dona Márcia, um cafezinho, um copo d'água?

— De jeito nenhum, muito obrigada, até o mês que vem.

Sai rápido, batendo os saltos no cimento, se desvia das roupas estendidas nos varais que cruzam o quintal inteiro, arreda enojada da Abrica, que tenta lamber-lhe os sapatos.

— Passa!

— Viram só o orgulho da madame, nem cumprimenta os pobres... — comenta a Zulmira.

— Pra quê? — A Josefa se abaixa com a maior dificuldade pra pegar o filho caçula, que berra após um tombo. — Tá na dela, gente, recebeu todo o dinheiro, se manda e pronto.

— Que tão resmungando de novo? — intervém a Doralice. — Querem morar de graça? Onde iam achar um quarto no centro da cidade por esse preço?

— Já imaginaram quanto levanta por mês, a grã-fina? — continua a Zulmira, fazendo as contas. — Dizem que ela aluga uns dez casarões iguais a este, tudo... como é que se diz mesmo?

— De espólio — o Dantas, passando pelas mulheres, completa. — Espólio, Zulmira.

— Que diabo é isso, seu Dantas?

— Quando morre o dono da casa, tem de fazer inventário. Enquanto não fica pronto, pra não perder dinheiro, os herdeiros alugam os casarões. A gente chama isso de espólio.

— E a danada da dona Márcia aluga de novo pra nós — acrescenta a Josefa.

A Zulmira conclui:

— Então a dona Márcia, mesmo descontando o aluguel que tem de pagar aos donos do casarão, mais as contas de água e luz, que a gente paga também, levanta uma boa grana, sem trabalho nenhum.

— Quem faz a parte do leão aqui é a Doralice — aponta o Dantas. — Ela faz e a outra leva.

— Até o senhor, seu Dantas? — se avexa a Doralice. — Alguém tem de fazer, não tem? Alguém tem de pôr ordem nesses muquifos da vida...

— Não esquenta, Doralice. — Seu Dantas aperta a pasta com os documentos. — Vou até o escritório do advogado e já volto.

Nem bem vira as costas, a Doralice chama:

— Vem cá, Risadinha.

O garoto corre, adivinhando a curiosidade.

— Tem novidade aí no causo do Dantas?

— Tá estoura, não estoura — garante o moleque, por dentro das coisas. — Tá faltando só um bendito papel.

— Já pensou? — Doralice põe as mãos nas ancas, respira fundo. — O Dantas herdar uma cidade inteira? Parece até coisa de novela.

— Será? — descrê a Josefa, pessimista.

— Você não acredita, mana? — Zulmira junta os baldes, os teréns que usou pra lavar toda a roupa dela e das mulheres que trabalham fora, e para as quais ela quebra um galho sem tamanho, lavando roupa e ainda olhando criança, a troco de mensalidades, que vagas em creches não existem nem pra remédio.

— Você acha mesmo? — devolve a Josefa, tentando acalmar seu moleque, que ainda chora, nariz escorrendo. — Quem vai ser louco de dar uma cidade inteira pro Dantas?

— É tudo dele mesmo, por direito. Desde o tempo de um rei lá de Portugal que andou dando terra de presente pra um marinheiro que era o tatatataravô do seu Dantas — explica o Risadinha, todo importante.

— Tá me gozando, menino — ri a Doralice.

— Tô não, Dorá, verdade mesmo, ele tem todos os papéis; duvida, pede pra ver. E o doutorzinho já disse pra ele que só falta um último papel pro seu Dantas ganhar... ele até já deu uma casinha joia pra mim...

— Pra você, Risadinha? Ora, por quê?

— Porque eu ajudo ele, Dorá, ponho carta no correio, compro jornal, levo recado pro doutorzinho. Mereço, não mereço?

— Merece é uma sova por andar por aí sem eira nem beira — desanca a Zulmira. — Sua mãe, a Rosa, varrendo rua no maior suplício, é chuva, é sol, e você ouvindo história. Estudar, trabalhar, que é bom, neca. Qualquer dia vai parar na Febem.

— Cuida da sua vida, Zulmira, que eu tô bem crescido, não sou essas crias que você toma conta...

— Graças a Deus! — A Zulmira se benze.

— Toma, Sandrinha. — Risadinha se achega à menina, encolhida num canto do pátio, agarrada à boneca de cara suja.

A garota apanha o doce, esboça um sorriso tímido, Risadinha é o único amigo que ela tem no cortiço, as outras crianças fogem dela, talvez por medo do seu rosto deformado e do seu jeito triste.

Dez horas

Do cortiço sobe um cheiro de comida que abafa. Arroz refogando, feijão cantando nas panelas de pressão, quando tem arroz e feijão, olha lá; aqui ou ali uns ovos pra quebrar a rotina, uma verdura barata e só. Rara fruta pra criança, carne — quando? Como diz a Josefa, "pobre, quando come carne, até estranha o gosto". Ela até que comia carne nas casas das patroas, quer dizer, entre uma gravidez e outra, né? Barriga apontando, empinando a saia, a dona dizia:

— Desculpe, Josefa, mas não dá. Com essa barriga? Volte quando tiver tido o filho. Sem ele, viu?

— Claro, sem ele; agora eu boto o filho onde?

— Sei lá; não tem quem olhe?

— Não, senhora; e tenho mais seis por conta.

— E como trabalhou até agora?

— Largo tudo lá no cortiço.

— Sozinhos?

— Sozinhos é modo de dizer, né, dona Laura. Lá tem gente saindo pelo ladrão e tem também a Zulmira, que me dá uma mão, pelo menos a comida ela garante. Depois ficam mesmo é soltos pelo quintal.

— E creche?

— Que creche; isso não existe.

— A gente ouve falar...

— Tem pouca creche por aí que a primeira que chega pega a vaga, a felizarda. As outras são tão longe que só de pensar em subir com meia dúzia de crianças nesses ônibus cheios pra levar pra alguma creche que tem vaga, lá no fim do mundo, já desanima, né?

— Ainda bem que você tem a Zulmira...

— Eu e as outras mulheres que trabalham. Ela, além de cuidar das crianças, lava um pouco da roupa, já ajuda, né?

— Isso é.

— Posso continuar trabalhando até ter a criança?

— Sinto muito, Josefa, oito meses, não dá mesmo.

Temperado o feijão de caldo ralo, a Josefa vai lembrando, amarga.

— Não dá, não dá; quando é que vai dar alguma coisa nesta vida?

A Rosa-Margarida põe a cabeça pela porta, de manso.

— Falando sozinha, mulher?

— Ué, por aqui a esta hora? Não devia de tá trabalhando?

— Devia, sim. Sabe por que eu tive de andar até aqui? Você nem vai acreditar.

— Por quê?

— Porque não consegui um miserável de um banheiro.

— Como é?

— Ninguém deixou eu entrar, nem dono de loja, nem de bar, eu não podia fazer nas calças, né? Tive de andar até aqui morrendo de vontade, minha filha.

— Eta vida.

— Só contando pra acreditar. Já tinha acontecido com uma colega, comigo é a primeira vez.

— Vai logo.

— Já fui, tá louca? Foi o maior apuro que passei na vida. Pelo menos pra isso vale este cortiço, fica perto do emprego.

— Não fala cortiço que a turma não gosta.

— Ué, falo o quê, então?

— Casa de cômodos, habitação coletiva.

— Frescura. É cortiço mesmo.

A Josefa dá de ombros com a simplicidade da outra.

— E o Risadinha? — pergunta a mãe.

— Olha, Rosa, toma tento, esse moleque anda muito solto; qualquer dia se mete em encrenca e levam ele pra Febem.

A outra até se benze.

— Só faltava essa pra me agoniar ainda mais a vida.

— E o pai?

— Ah, esse — a Rosa-Margarida até ri. — Sumiu na poeira, minha filha. Hoje em dia tem homem que nem trabalha mais, larga tudo por conta da mulher. E quando se cansa se dá ao luxo de sumir.

— Gozado.

— Gozado nada, é uma tragédia. Eles descobriram que podem encostar na mulher. A gente saiu pra trabalhar, agora trabalha dobrado, na rua e em casa, e ainda o marido se acomoda. Diacho de vida.

Dona Zu passa toda arrumadinha a caminho do hospital onde vai visitar o marido.

Rosa-Margarida elogia:

— Que elegância, dona Zu. Vai matar as saudades?

— Ah, minha filha — diz ela num sorriso triste. — Tá tão fraco o pobre, acho que dessa ele não escapa, tô até conformada.

— Que é isso, dona Zu? — consola a Josefa. — Pra tudo tem remédio nesta vida.

— Menos pra morte, né, minha filha. — Todas as mulheres do cortiço a dona Zu trata de filha.

A Rosa-Margarida abraça a mulher:

— Se consola, mana, pelo menos tem marido à moda antiga, homem trabalhador; veja a minha situação... o condenado sumiu nem disse adeus, deixou recado na vizinha que ia embora e não voltava mais. E deixou o filho por minha conta.

— Ainda bem que você só tem o Risadinha.

— Tive cinco, morreram quatro, nem sei direito de quê, tão fraquinhos os pobres. Vingou só o Risadinha, por isso não bato nele, ele é o meu xodó, garoto bonito, não acha?

— Carece cuidado, né, Rosa? — A dona Zu troca olhares significativos com a Josefa. — Mimo demais também estraga, esse menino não estuda, não faz nada na vida, precisa tomar jeito.

— O que eu posso fazer? O dia inteiro varrendo rua, não dá pra controlar o moleque. Já perdi as contas de tanta escola que matriculei ele, o danado nem aparece. Já empreguei ele em supermercado, balcão de loja... ele vai? Acho que saiu ao pai, malandro e mentiroso, mas tão carinhoso, tão bom filho.

— Bom filho, não, desculpa, hein? — rebela-se, franca, a Zu. — Filho bom ajuda a mãe, não traz mais problema pra ela.

— Isso é... — suspira a Rosa-Margarida.

— Vou indo — despede-se a Zu.

— Vou também. — A Rosa sai junto. — Se descobrem que estou aqui de papo pro ar, adeus emprego.

— Que foi, Sandrinha? — pergunta mais adiante a Creuza, quando a menina se encosta de manso no batente da porta, olhando a mãe fazer a comida no fogão de duas bocas.

Sandrinha nem responde, sempre a mesma tristeza, uma menina antes tão alegre, tão barulhenta, meu Deus, agora, além do rosto deformado, o silêncio e a amargura que brotam dela como um gemido mudo.

Onze horas

A criançada berrando de fome deixa a Zulmira desesperada. Também, quem mandou pegar quinze crianças de uma vez pra olhar? Maluca, isso sim. Um tal de esquentar panelas de arroz e feijão que as mães deixaram prontas no fogão, encher prato de comida, dar mamadeiras pros pequenos, trocar fraldas, ajudada pelas crianças maiores e pelas próprias filhas, a Evanilde, a Edileusa e a Edirene, três garotas miúdas, sempre resfriadas, daquela umidade que ela não sabe de onde vem e mancha as paredes da casa toda.

Melhor seria trabalhar fora — onde? Competência, analfabeta que é, só pra doméstica, até já trabalhou faz tempo. E pra ganhar bem ia ter de se empregar na Zona Sul, pegar condução, ter horários. E as filhas? Tão fraquinhas, as pobres. Pelo menos assim está em casa, não gasta condução nem roupa, nem larga as meninas sozinhas, e ainda ganha razoável, um dinheiro que ela tira quase limpo, fora o sabão e alguma coisa que dá pras crianças quando a mãe não deixa; criança com fome, além da judiação, é aquele aporrinhamento de choro e pedição:

— Tia, me dá comida que tô com fome.

Quinze ao todo. Vinte e uma quando a Josefa sai; não demora muito, o sétimo filho nasce e vão ser vinte e duas, Virgem Maria! — Será que dá conta? Mas pobre não se pergunta se dá conta. Pobre se ajeita.

Por enquanto quinze. Quatro da Mel, parteira que trabalha de noite e dorme de dia, paga pra ela dar uma mãozinha como os filhos, de outro modo, não há saúde que aguente. Cinco do Joel e Marinalva, ele vigilante bancário, ela operária numa fábrica de cigarros. O Omar, filho da Lena Porreta, que todo mundo sabe o que faz e finge que não sabe.

A Lena não tem hora de sair nem de chegar, larga o pobre menino sem comida, a Zulmira que se vire. Ele é um garoto lindo, sempre sorridente, tem uns seis anos, quase não dá trabalho, já aprendeu a se virar sozinho há muito tempo. Cinco do Juca-encosto e da Lazinha, que é servente da Prefeitura.

Isso, fora as outras crianças ali da casa de cômodos, quantas. Virgem!, ela até perdeu a conta. São vinte quartos; tirando a dona Zu, o Rubão, o Dantas, o Nanico e o Santo, é uma criançada que não tem fim, um não acabar de crianças de todas as idades, nascendo, engatinhando, andando, correndo e atormentando o juízo.

Quinze ela olha, e as outras? Algumas se viram sozinhas, que a mãe nem pode pagar a Zulmira ou alguma outra vizinha que faça o mesmo serviço; outras poucas vão para as creches ou para a escola, se já têm idade pra isso. Rara a mãe que não trabalha fora, os tempos são outros, mulher agora tem de sair, enfrentar a vida, ajudar no orçamento da casa, que ali, no caso, é só um quarto.

Um quarto quando muito de quatro por quatro, onde a família toda dorme, cozinha, ama, briga, ouve seu rádio de pilha, vê tevê, recebe visitas, os parentes.

O bochincho maior é no quintal comum. Nos tanques, nas filas dos chuveiros e das latrinas, que vivem num aspecto miserável – quem quer limpar?

– A Doralice que se vire. Não ganha pra isso?

– Ganho coisa nenhuma; nem morta.

Sobra pra quem? A dona Zu, de vez em quando, dá a louca:

– Preferem viver na fedentina, seus preguiçosos? Mutirão agora mesmo pra lavar tudo isso.

Quem desobedece à dona Zu? Mirradinha, parece que quebra no abraço mais apertado – mas quem ousa? Tem qualquer coisa nela que impõe, que manda. É mutirão na hora, de escova, água sanitária, aparece de tudo e ninguém chia. Ai daquele cortiço se não fosse a dona Zu. O Rubão a apelidou de "mãe de todos".

— É sua vó — repele a Zu, que não quer intimidades com o Rubão; quem não sabe que ele explora a Lena Porreta, o sem-vergonha. Pra Zu, o Rubão é escória, igualzinho à Euvriges, farinha do mesmo saco, vivendo à custa da miséria alheia.

Uma que está cai não cai nas garras da Euvriges é a Valdirene. A Zulmira a flagrou outro dia, aos prantos, sacolejando os brincos dourados. A Valdirene se abriu.

— Tô grávida, Zulmira.

— Minha nossa! — A Zulmira abriu a maior boca do mundo. — Como foi isso? Não tomou cuidado, menina?

— Marquei bobeira. Fui sozinha fazer o meu *book* no estúdio de um fotógrafo. Nem bem cheguei, ele avançou em mim...

— Tá louca, Valdirene. E você não reagiu?

— Se eu reagi? Apanhei feito uma condenada, ainda tenho as marcas. Acabei cedendo, senão ele me matava...

— Deu parte?

— Pra quê? Pra passar por Lena Porreta? Pra virem com essa história que a mulher tenta o homem? Exame e tudo mais na delegacia? Cada vexame...

— Mas agora existe a Delegacia da Mulher, facilita muito as coisas em caso de estupro. Não pode deixar esse cara impune, amiga. Ele vai fazer isso novamente com outras garotas.

— Você tem razão, mas preciso ter coragem.

— Tem certeza que está grávida?

— Tenho, fiz o teste que se compra na farmácia. Que é que eu faço, Zulmira?

— Se você denunciar o estupro, tem até ordem pra aborto. No tempo em que eu trabalhava na casa de uma advogada, ela explicou isso pra mim.

— Mas, mesmo indo na Delegacia da Mulher, tem de passar pelos exames...

— Isso tem. No Instituto Médico Legal.

— Sei lá. O jeito é me virar por aí.

— Pra arriscar a vida, tá louca?

— Tem outra maneira?

— Dá parte, já disse, o sem-vergonha vai preso. E tudo se resolve dentro da lei.

— Vou pensar.

— E sua mãe? Conta pra ela.

— Sofrendo do coração? E o pai, bravo daquele jeito? Você conhece ele, Zulmira, me bota na rua na hora, vai achar que eu inventei essa história.

Cuidando das crianças, dando comida, trocando fraldas, o coração da Zulmira se aperta na lembrança da Valdirene, que ainda tem de fingir alegria ali no cortiço, como se não estivesse acontecendo nada, pra não despertar desconfiança de certas línguas, ávidas de escândalo alheio.

Perdida nos seus pensamentos, Zulmira nem percebe a Sandrinha, que se achega como um animalzinho ferido, observando enquanto ela cuida do bebê. Até que se dá conta da menina, e pergunta: "Quer ajudar, quer?". No rosto da criança perpassa um sorriso que ilumina de leve a face enrugada, escamosa, raio de luz mínimo mas ainda assim presente:

— Você deixa?

— Claro que eu deixo; troca essa fralda pra mim.

Na ânsia de ser útil, carente de afeto, a Sandrinha até esquece, por alguns instantes, os terríveis momentos que mudaram sua vida.

Meio-dia

Lena Porreta acorda, sai do quarto direto pro chuveiro ainda zonza de sono. Cruza com a Doralice, que vem lavar a louça no tanque, mordomia da qual ela não abre mão, é a primeira a pôr ordem nas coisas do almoço.

— Viu o Omar por aí? — pergunta a Lena.

— O filho não é seu? — devolve a outra. — Dos meus, cuido eu.

— Não começa, Doralice. — A outra abre a boca num bocejo. — Não encomendei sermão; só perguntei se você viu o Omar.

— Olha que tá precisada de um conselho; o menino fica largado por aí, como se fosse bicho.

— A Zulmira cuida; pago bem pra isso.

— Cuida. — Doralice faz um muxoxo. — Cuida lá do jeito dela, mais catorze, né? Quanto mais ela cuidar, mais ganha. E ainda fica falando da dona Márcia. Vai aquela criançada toda de carregação.

— Omar nunca reclamou.

— Aquele menino é um santo — reconhece a Doralice. — Nunca vi ele de cara triste, de verdade. Acho que é conformado mesmo.

— Não falta nada, faço o possível.

— Tá se vendo.

— Quer comprar briga logo de manhã, mana?

— De manhã? É meio-dia, mulher. E não me chame de mana, não.

— Por quê? — A Lena sorri, meio triste, meio no gozo. — Você teria vergonha?

— Graças a Deus; é o que falta em você, né?

— Falta é dinheiro pra comer, minha mana, não tenho marido pra trazer a grana no fim do mês.

— A Nava também não tem, nem por isso...

— Não enche. — A Lena entra no chuveiro.

— Essa não tem mais jeito. — Doralice se põe a lavar a louça, nem bem começa, aparece o Omar. Vem feliz da vida, como sempre, chupando um baita sorvete.

— Quer?

Ainda oferece. Doralice diz que não, sorri pro menino, quando muito — seis anos? Lindo de morrer, parece um anjo moreno, aquele cabelo cacheado, olhos muito pretos, brilhando no rosto redondo, uma alegria de ser. "Como é que uma mulher como a Lena Porreta, tão judiada pela vida, pode ter um filho lindo desse jeito? E bom e feliz e carinhoso?" Doralice não entende, tanta gente boa, às vezes tendo uns filhos baderneiros, sem-vergonhas, que lavam de humilhação olhos de pai e mãe.

E a Lena Porreta com o Omar, aquela flor de menino. "E por que não, meu Deus, por que não? Já não chega a tristeza da vida dela, puxa. Doralice, que maldade, então ela ainda precisa ter um filho feio, maneta, ruim? Que é isso, Doralice, perdeu a noção das coisas, perdeu a compaixão? Lembra o que o pai dizia lá no Nordeste, 'perdeu a compaixão, perdeu tudo, gente sem compaixão é pior que bicho'."

Por que não? Por sinal que a Lena contou, entre risadas, que o Omar foi feito à beira-mar, numa gamação dela lá em Santos. Então, quando o garoto nasceu (e ela fez questão de que ele nascesse, o que a Doralice reconhece foi um ato de coragem e amor dela), a Lena Porreta foi registrar o filho lá no cartório.

— Nome? — quis saber o escrevente.
— Mar — disse a Lena.
— Não pode, dona.
— Como é que não pode? O filho é meu.
— O filho, sim, mas isso não é nome de gente.
— Posso saber por quê?
— Porque não e pronto.
— Pronto nunca foi resposta.
— Olhe, dona, ou muda o nome ou fica sem registro, escolha.

Foi aí que bateu a inspiração:

— Bota Omar.

O escrevente escreveu: Omar da Silva Xavier.

Até hoje a Lena não se conforma. Diferença de um O, pô! A Doralice ri, lembrando enquanto lava a louça, as panelas; almoça bem cedo pra ter o gosto de usar o tanque praticamente sozinha, sem o bochincho das outras. O Omar acaba de tomar o sorvete, sentado no chão. Será que almoçou? Dali a pouco a Lena Porreta sai do chuveiro, vê o garoto, se abraçam no maior carinho. Ele lambuza a cara da mãe de sorvete de chocolate.

— Almoçou, filho?
— Já, a Zulmira deu comida pra mim.
— Tá com fome?
— Tô não, mãe.
— Ela não bate em você, filho?
— Bate não, mãe.
— Se bater me conta, hein?

— Conto, mãe.
— Vai brincar, vai.
O Omar sai cabritando pelo quintal, a Lena encara a Doralice.
— Tá vendo?
— Sei lá; tomara que cuide bem das crianças mesmo. Ainda melhor que sozinhas, trancadas nos quartos. Aqui tem muitas assim.
— Vida cruel.
— Tá fácil não, pra ninguém.
— Só mesmo se ganhar na loteria.
A Doralice faz beiço de desprezo:
— Só se for em sonho, santa.
A Lena até ri.
— De santa, mana, é que não tenho nada.
Riem as duas.
Na sombra da porta aparece o Rubão, recém-levantado depois do chuveiro da manhã e do sono seguinte. Ele mais dorme que outra coisa.
— Na folga, mulher, quem deu ordem?
— Também sou filha de Deus, né, Rubão? Careço dormir, comer...
— Logo mais se espalha, mulher — comanda o Rubão. — Quero serviço, viu?
Na força da ganância até esqueceu que a Doralice estava ali ouvindo tudo.
No fundo do quintal, a Sandrinha puxa prosa com o Omar: "Vamos brincar de pai e mãe? Minha boneca fica sendo a filha".
O garoto faz um muxoxo de desprezo, o sadismo infantil em ação:
— Não quero; você é muito feia.
Os olhos da menina se enchem de lágrimas, ele ainda arremata:
— Parece monstro de televisão.

Treze horas

A Mel aparece no quintal, depois do sono em dia. Plantão a madrugada inteira, na maternidade, uma enxurrada de crianças... lua nova ou cheia despenca gestante de tudo que é lado.

Trabalhar de noite tem suas vantagens e desvantagens. A vantagem é que tem todo o dia pra cuidar dos quatro filhos – dorme algumas horas e está pronta pro batente. A Zulmira ajuda com a roupa e as crianças; de noite o Melquior, o marido, olha do jeito dele, tem sono mais pesado que pedra, pudera, quinze, dezesseis horas naquele volante.

A Mel se espreguiça, preparando-se pra lavar a trouxa de roupa que sobrou pra ela; a Zulmira pegou criança demais pra olhar, tá deixando de fazer o combinado – a essa hora o tanque está maneiro, já lavaram a roupa do dia, pegaram água pra comida, ainda não começou o rebu da louça do almoço, ainda bem, suspira.

Mora perto do hospital, vai a pé para o trabalho. Faz o jantar com calma, pega o turno da noite. "Agora, as desvantagens são muitas, isso lá é", pensa a Mel, jogando a trouxa na beira do tanque, droga da Zulmira. Noite inteira fora, quando chega ao cortiço, o dia já clareou, o bochincho corre feio nas filas dos chuveiros e das latrinas, aquela zoeira de rádio de pilha. Ia tão bem um banho, mas com aquela fila? E o barulho? Já pediu mais de mil vezes, "pelo amor de Deus, gente, quem trabalha de noite carece dormir" — adiantou? Quando finalmente acalmam os rádios, começa o berreiro da criançada no quintal, as brigas, as disputas pelo pouco espaço, raros brinquedos.

Se não é isso, é o vozerio da mulherada no tanque, lavando roupa suja e fofocando da vida alheia. Lá na cama, tentando dormir, louca de sono, olhos pesados como sacos de areia, a Mel fica sabendo de tudo: quem nasceu, quem foi internado, quem morreu, quem brigou, quem tá traindo a mulher e vice-versa, onde e quando. Quando ela aparece no quintal e alguma vizinha se achega, "sabe da novidade, Mel?", ela tem vontade de gritar:

— Sei de tudo, suas matracas, vocês não me deixam dormir.

A Mel é seca de gênio, não gosta de muita prosa. Trabalha duro a noite inteira, é profissional competente, parteira das boas. Examinou a mulher, garante: "Daqui a quinze minutos, seu filho tá aí, berrando...".

Nem precisa confirmação. Logo mais nasce que é uma beleza. Vinte anos de profissão, de prática diária, ela gosta de ser parteira. Só não tem paciência é com mulher chorona, sem garra pra ter filho. Tem dona que apronta cada escândalo, meu Deus! Põe a boca no mundo como se fosse morrer por causa de uma coisa que as mulheres fazem há milhões de anos, pô. Não tem paciência mesmo, vai de sola!

— Se aguenta, mulher, com tamanho escarcéu, acorda o hospital inteiro. Quando tive o último filho, tava sozinha.

A mulher arregala os olhos:

— Duvido.

— Com a sua moleza, né, só pode. Aqui em hospital com todo recurso, esse berreiro. Se controla.

A mulher se cala, medo, vergonha, brio, tudo junto.

A Mel é conhecida no hospital pela competência e pelo azedume. Agora, quando pega mulher de fibra, como aquela baixinha que apareceu outro dia e passou todo o trabalho do parto quieta, gemendo baixo, respirando pela boca, transpirando, firme, ali, na hora dura, aí a Mel ajuda, até se comove:

— Força, menina, já tá vindo, olha que beleza de cabelo preto...

Logo o bichinho tá berrando, ensebado, ainda preso no cordão umbilical, que a Mel corta na medida certa, perfeita, um trabalho de mestra.

Com os filhos também a Mel não dá moleza. Na hora de ela dormir, põe todos pra fora do quarto e avisa:

— Me acordou, leva.

Pode chover canivete que eles não acordam a Mel. Têm pavor, os coitados. O caçula uma vez sentiu frio, entrou no quarto, a mãe acordou, sono leve. Levou uma sova que até hoje traz as marcas.

As outras mulheres não gostam muito da Mel; teve gente que até ameaçou denunciá-la para o juizado de menores.

— Mulher dura, sem coração, eu, hein?

A Doralice defende.

— Mulher de fibra tá ali... Quem é que garante a casa quando o marido fica sem emprego? Mesmo empregado, ganhando uma miséria como motorista de frota? Trabalhando de noite quando todo mundo tá roncando no bem-bom, quem?

— Que nada — replicam as outras —, parece bicho. Não conversa, nunca vi rindo, espanca criança, eu, hein?

A Mel nem se toca. Pagam as suas contas no fim do mês? Olham os filhos dela? Fazem o seu serviço? Mesmo a Zulmira, recebendo pagamento, não lhe larga a trouxa de roupa pra lavar? Então que vão cuidar da própria vida e a deixem em paz.

Tá lavando roupa, vê a Valdirene saindo muito murcha, cara de quem vai pra forca. A Valdirene é das poucas com quem a Mel tem amizade por ali, gosta da menina, sempre tão animada, querendo ser modelo, artista de novela, por isso estranha.

— Aconteceu alguma coisa?

A Valdirene estremece sem querer.

— Tô com pressa, Mel, a gente se fala depois.

— Credo, que cara, precisa de ajuda?

A Valdirene olha pra outra, pensa: "Como eu preciso da sua ajuda, Mel"; mas a amiga não faz aquele tipo de coisa, a Mel faz justamente o contrário, como é que vai se abrir com ela?

Da janela do quartinho, a Creuza enxerga a filha, sozinha num canto, longe das outras crianças que brincam espalhadas pelo pátio. Uma angústia toma conta dela, um sentimento de culpa por tudo o que aconteceu — podia fazer o quê? Largada do marido, três filhos pra sustentar sozinha, o remédio foi trabalhar de noite pra cuidar deles de dia, as crianças sozinhas, de madrugada, faltou luz, a Sandrinha acendeu uma vela que deixou cair... Aí, meu Deus, os olhos da Creuza se enchem de lágrimas, que foi que disseram mesmo? Que a menina precisa de várias operações pra refazer o rosto... Onde é que vai arrumar dinheiro, condição, tempo, sei lá mais o quê, pra tudo isso? Só mesmo um milagre. Será que ainda existem milagres?

Catorze horas

Rebuliço no cortiço; o Joel chega carregado, levou uma bala de raspão no rosto, houve um assalto no banco onde ele é vigia.

A Marinalva, de férias, tranquilamente até então, lavando a louça do almoço, desmaia. É um corre-corre pra acudir a moça no quintal.

A dona Zu, voltando da visita ao marido, descola um vidrinho de amônia e põe rente ao nariz da Marinalva, que acorda no ato. Pudera, com amônia, só não desperta se estiver morto.

O Joel, coitado, já medicado no pronto-socorro, repete a história pela terceira vez. A primeira foi pra polícia, a segunda pros repórteres.

— Fui ao banheiro, gente, tava voltando no maior sossego, me deu vontade de espirrar. Os bandidos estavam acabando o assalto, as sacolas já cheias de dinheiro, pensaram que eu estava reagindo. Miraram pra matar. Eu tive sorte, a bala passou só de raspão, o outro colega ficou estirado, morto lá no chão... — O Joel se põe a chorar.

— Se aquieta, mano. — A Doralice força o Joel a sentar num banco junto ao tanque. — Já passou.

— Profissão desgraçada — geme o Joel. — Se a gente reage, morre; se não reage, morre do mesmo jeito. Pegou só de raspão por sorte, eu podia tá morto como o José...

A dona Zu corre pro quarto, volta com um chá de erva-cidreira.

— Toma, meu filho, acalma os nervos.

O Joel vira o chá de uma vez só. Ele treme todo à lembrança do assalto.

— Vamos voltar pro Norte, Marinalva, vamos sumir daqui.

— Calma, Joel — soluça a Marinalva. — E o meu emprego na fábrica? E as crianças? E os planos da gente?

— Que planos, Marinalva? — grita o Joel, ainda em estado de choque. — Vamos voltar pro Norte amanhã mesmo.

— Com que dinheiro, homem? Esqueceu que não tinha nem pro aluguel este mês? Emprestou do José?

— Que acabou de morrer, o pobre. — O Joel bota as mãos no rosto e chora como criança assustada.

O cortiço inteiro em volta do Joel, pelo menos os que estão em casa. "Um assalto, pô! Vai render uma semana", pensa a Mel, lá no quarto dela, pondo ordem nas coisas antes de fazer o jantar. De tardezinha ela entra de plantão, não tem tempo pra conversa fiada, nem mesmo de assalto.

— Gozado, a polícia — diz um — vive correndo atrás de camelô, recolhendo muamba, rodando por aí; os bandidos mesmo tão soltos.

— Tem bandido demais — defende a Zu. — A polícia não dá conta.

— E como é que a gente fica?

— Nas mãos de Deus.

— Bem dizem que só miserável vai pra cadeia. Rico contrata advogado, depois sai rindo e dando entrevista na televisão. Isso é justiça?

— Que tem isso com o assalto?

— Só tem; esses bandidão tão longe, ninguém pega eles mais...
— E daí?
— Ué, e daí, se fosse um coitado que roubasse pra comer, tava mofando na cadeia.

A coisa ferve no cortiço, cada qual tem sua opinião sobre o ocorrido. Até o Dantas.

— Pobre sempre sofre de um jeito ou de outro. Quer caso pior que o meu? Sou o dono de uma cidade, tenho título de propriedade. E vivo aqui no cortiço. Quando é que vou ganhar essa bendita causa na Justiça?

— Pra que você quer uma cidade inteira na sua idade, Dantas? — caçoa Josefa. — O que vai fazer com ela?

— Ele vai pras Europa, né, seu Dantas? — ri a Zulmira.

O Dantas suspira:

— Vale a pena sonhar.

— Será? — duvida o Ivanilson, desempregado, vivendo de bicos. — A única coisa que vale a pena mesmo é dinheiro no bolso pra tirar documento, comprar comida, pagar aluguel e chamar o médico na hora da doença...

— É isso aí — concorda a Josefa. — Seu Dantas tem razão. Vale a pena sonhar. Se a gente não sonhasse, o que ia ser desta droga de vida?

O Dantas pede licença e vai cuidar do papagaio dele, no qual botou o nome de um promotor lá de Rio do Marinheiro, a tal da cidade que é dele, que teima em levantar peninhas no processo, não se cansa de pedir novos papéis, como aquela miserável certidão vintenária.

— Dr. Percival, dá o pé.

— Dr. Percival, dá o pé — repete o papagaio, sonolento no poleiro.

— Dr. Percival, animal burro total — comanda o Dantas.

— Dr. Percival, animal burro total — se anima o papagaio.

— Dr. Percival sem sal, infernal, sacal. — Lá vai o Dantas

na rima provocativa, que o papagaio aprende e repete, em alto e bom som.

Mas o Dantas não é o único professor do papagaio. Quando ele se cansa e vira as costas, entra em cena o Risadinha. Só que agora o novo professor não se importa com rima, ensina modernoso e grosso uma fileira de palavrões.

O papagaio aprende e repete, grita bem alto, espalhando pelo cortiço a lição decorada, pra risada de alguns e bronca da Doralice:

— Credo, Risadinha, logo aparece a irmã Ângela, já viu o vexame? Não chega o que o Dantas ensina?

— Se dane a irmã Ângela. — O Risadinha dá de ombros. — Vai dizer que ela nunca ouviu um palavrão na vida.

— Já ouviu mas fica sem graça, né? Não pode ensinar coisa bonita pra variar, peste? Que dupla, hein?

— O Percival ama a Doralice — diz o moleque, piscando um olho.

— Some, peste. — A Doralice ensaia um tapa, o garoto foge, quebrando o corpo, num gingado.

— O Percival ama a Doralice — diz o louro, baixando a cabeça e pedindo agrado.

O papagaio do Dantas fala tudo, repete tudo o que ouve. Não tem culpa se falam perto dele, se ele escuta todo tipo de coisas naquele cortiço; não há segredo com ele por perto. Ouviu, repete. Dá cada encrenca, cada briga, cada confusão.

Ele não respeita nem a irmã Ângela.

Quem mais se diverte com o Dr. Percival é a Sandrinha. Ele não ri da sua feiura, não vira o rosto à sua passagem ou faz cara de pena, o que é pior ainda. Ele repete o que a menina diz, compartilha do seu sonho oculto, aflorando às vezes num gesto instintivo, quando ela contempla o espaço, como se dele viesse a qualquer momento um anjo bom para lhe devolver o que ela mais quer na vida: o direito de ser igual às outras crianças.

Quinze horas

Irmã Ângela é a assistente social, uma freira de sotaque italiano, que vem toda quarta-feira fazer o levantamento dos problemas do cortiço, dentro de um trabalho pastoral que realiza na região.

Bem-intencionada, a irmã Ângela. Só que boa intenção não resolve problema de ninguém, como diz a Josefa. A turma colabora, dá entrevista, mostra os idosos, os doentes, algum entrevado. Fala da falta de dinheiro, da dificuldade de atendimento no INSS e no SUS, onde se amanhece na rua pra conseguir lugar na fila, quiçá atendimento; dos problemas nos empregos e na falta deles; da saudade da terra natal que deixaram na esperança de melhorar de vida na cidade grande, onde enfrentam só trabalho, canseira e muita desilusão. Coisa tão velha, sabida, gasta. Mas falar não cansa, dá um pouco de alento. Não resolve nada mas consola.

Não que a irmã Ângela prometa alguma coisa. Ela bem sabe que é problema demais, gente demais, pra algumas pessoas bem-intencionadas resolverem. Irmã Ângela não se ilude, faz o que pode, se emociona às vezes, com a alma sensível de napolitana, se revolta outras, se questiona sempre — abnegada mulher, gota d'água na miséria da vida.

Será que já não ouviu o bastante nesses anos todos de vida religiosa, socorrendo os humildes? Quando lhe pediram um trabalho sobre o cortiço do Bixiga, pensou: "Se puder ajudar nalguma coisa...". "Ajudar em quê?", se pergunta agora, aflita. Por incrível que pareça, segundo os moradores, a melhor opção que eles podem ter e que os faz habitar esses cortiços infectos, úmidos e escuros, como tocas de bichos, ainda é morar perto dos empregos.

Caso contrário, pra onde mudariam? Pras favelas, onde um barraco pode custar até milhares de reais? Longe, na periferia, cadê dinheiro suficiente pra condução, além do tempo perdido em ônibus superlotados, poucas horas de sono, sem falar nos assaltos? Resta o cortiço, que ninguém chama assim, diz casa de cômodos, habitação coletiva, qualquer coisa menos a palavra pejorativa.

O quarto melhor, caro, e o pior, mais barato, todos uns cubículos, sem ventilação nem iluminação decentes, apinhados de beliches, fogões, camas, cadeiras, armários, o que couber. Paredes divisórias de compensado, cobertas de fuligem, gordura, cheirando a tudo: gente, remédio, comida, um hálito permanente de vida em bulício, colmeia humana mas sem dignidade.

E os problemas, meu Deus? Começam quando irmã Ângela esbarra no Omar, tão lindo, solto e livre como um cão ou gato, aprendendo tudo na rua; coisa boa e ruim — mas ele não é bicho, é um menino.

— Tem bala, tia?

Omar abre o melhor sorriso, adora a irmã Ângela, ela tem sempre um caramelo pra ele no bolso da saia.

— Toma, meu lindo.

O Omar sai cabritando, chupando a bala.

— Aonde vai, menino?

Nem responde, vira a esquina, se perde na vida.

Irmã Ângela suspira, entra no cortiço, tropeça no Risadinha, que vive naquele entra e sai, não tem parada — moleque mensageiro de bicheiro, do Santo, do Dantas. Ele conhece o Bixiga de trás por diante, não há beco, toca, tasca que ele não saiba, a que não tenha levado encomenda de alguém, sacana ou não — importa?

— Espere! — A freira segura o moleque no ato de escapulir. — Preciso ter uma conversa com você.

— Depois, tia, tô com pressa.

— Agora! — Irmã Ângela força o braço, retém o Risadinha. — Cadê sua mãe?

— Varrendo rua, vai dizer que não sabe?

— Preciso falar com ela também.

— Vai lá, ué, me deixa, pô.

— Tome tento, Risadinha, a Febem tá na sua espreita. Não dê esse desgosto pra Rosa, menino.

— Pega nada, tia, já escapei um par de veiz — ele ri, contando prosa.

— Por que não estuda, meu filho? Sua mãe me disse que você nem aparece na escola.

O Risadinha tenta se soltar, irmã Ângela é dura na queda. Tem força no braço, a danada.

— Que escola o quê, tia, me viro por aí.

— Então por que não foi trabalhar lá onde arranjei emprego pra você?

— No supermercado, tia? Pra carregar embrulho de madame e ganhar moedinhas? Sabe quanto eu ganho nas entregas que eu faço?

— Malandragem né? Pra acabar na Febem, e mais tarde na cadeia.

— Acabo não. — O Risadinha finalmente escapa da irmã Ângela. — Juro que os gambés não me pegam.

— Pegam, sim, Risadinha. Aproveite que você tem mãe, boa e trabalhadeira, não estrague sua vida, meu filho.

— Sai do meu pé, tia. Já disse que me viro.

— Vai acabar bandido, morrendo por aí em tiroteio com a Rota, mais um no jornal, ouça o que eu digo...

Risadinha para na entrada do cortiço, olha a irmã Ângela bem de frente. Não é olhar de menino de doze anos, é olhar de homem vivido, sofrido, acuado. Que já viu tudo na vida. Que não tem ilusão, conhece de sobra a realidade nua e crua das pessoas e do mundo. Ele manja tudo, na decoreba.

— Sabe o que eu acho, tia?
— O quê, Risadinha?
— Tá perdendo seu tempo por aqui, não adianta.
— Não adianta por quê?
— Sabe quantos tem por aí, fugindo da Febem, tia? Se virando como eu?
— Muitos, infelizmente, eu sei.
— A senhora é uma só, tia, se todo mundo fosse como a senhora...
— Tem outros como eu querendo ajudar.

Risadinha sorri, triste:

— Não tem tantos, tia, a senhora mesmo disse. Leva pra Febem, sai diplomado de bandido, pra morrer em tiroteio com a Rota e virar notícia de jornal.

Irmã Ângela abana a cabeça, desconsolada. Vê a Sandrinha, que espreita, arredia, chama, carinhosa:

— Venha cá, querida, olhe o que eu trouxe hoje!

A menina sorri, cria ânimo de repente, a irmã Ângela tem sempre uma surpresa naquela bolsa imensa, mágica, que ela traz a tiracolo. Às vezes uma boneca, outras um doce, uma revista, um livro — a única hora verdadeiramente feliz na vida da Sandrinha é quando vê a irmã Ângela subindo devagar os degraus do cortiço. Ela então esquece sua triste vida de pária, se arrastando pelo pátio do cortiço, sem escola, as pequenas maldades do dia a dia, sua solidão de menina diferente. O que será que vai sair hoje dessa sacola de mamãe-noel cheia de tanta coisa junta, uma miscelânia de papéis, canetas, documentos, lenços, caixa mágica de Pandora a bolsa da irmã Ângela. Vem devagar, degustando ao máximo o momento — um grito escapa dos seus lábios quando vê o presente da semana, um velho rádio de pilha que a irmã Ângela descolou nas suas andanças pela cidade, mas que ainda toca, por Deus, toca, povoando de alegria o silêncio e a solidão...

Dezesseis horas

Melquior, motorista da frota Gavião de Prata da Zona Leste, aponta no cortiço, cara de poucos amigos. Encontra a Mel, mulher dele, passando roupa na porta do cubículo, pra aguentar o calor.

— Você aqui a esta hora, Melquior? — estranha a Mel.

O Melquior se acerca do tanque, molha a cara na água fria, garante a coragem pra enfrentar a barra.

— Aconteceu alguma coisa?

— Larguei a frota.

— Você largou o quê?

Melquior olha a mulher de frente, melhor agora que depois. Quando volta da maternidade, ela vem que é uma fera, de sono e cansaço.

— Larguei, e daí? Sabe quanto ganhava naquela droga de frota? Qualquer batidinha por minha conta, lavagem do carro, gasolina, tinha dias que nem sobrava nada, e ainda punha do bolso, isso é vida?

— Claro que não! — A Mel até rilha os dentes. — Vida é passar a noite no hospital e de dia se matar de serviço, pro macho da casa brigar com o patrão e largar o serviço sem mais nem menos.

— Não foi sem mais nem menos, não. Ele me desacatou, fique sabendo.

— Ah, que gracinha, o patrão desacatou o moço bonito, grã-fino, orgulhoso, que não leva desaforo pra casa.

— Não esquenta, mulher.

— E o mauricinho largou o emprego, nem lembrou que tem filho pra criar, mulher se matando no trabalho...

— Para com isso, Mel.

— Não dá, porque tô fervendo, seu mariola, seu frouxo!

O Melquior parte pra cima da Mel, ela estende o ferro em brasa, na defesa. Nem precisa. A Doralice já agarra por trás:

— Essa, não, seu Melquior. Homem batendo em mulher me avexa.

— Me larga, Doralice, cuida da sua vida.

— Isso mesmo — grita a Mel. — Segura firme que eu torro a cara dele.

— Calma aí, mulher, larga esse ferro, ficou louca? — grita por sua vez a Doralice enquanto a outra avança. Sorte é que dos quartos saem os vizinhos, a maioria mulher e criança, que agarram a Mel, tiram o ferro da mão dela e a carregam pra um dos quartos, pra acalmar o ódio, enquanto o Melquior, com o empurrão da Doralice, aterrissa no chão mesmo, ao lado do tanque.

— Precisava largar de novo o emprego, pô? — se enfeza a Doralice. — Olha que a Mel tem razão.

— Ganhava uma ninharia, você sabe. Agora, desaforo eu não levo pra casa nem morto.

— Podia melhorar, trabalhar mais...

— Mais? — O Melquior arregala os olhos. — Dezesseis horas

naquela droga de táxi e você quer mais? E dormir, a gente não dorme? Até cachorro dorme.

— A sua mulher dorme quase nada, ou pensa que ela descansa com essa zoeira de cortiço a manhã inteira? E você trocando de emprego, já passou por tudo que é frota desta cidade.

— O que eu posso fazer se é sempre a mesma porcaria? Gavião de Prata da Zona Leste... — O Melquior cuspinha no chão, com desprezo. — Motorista de frota é um desesperado, Doralice, já tentou tudo na vida; por isso patrão explora, sabe que é o fim da picada, mesmo.

— Também não é assim, se tem frota tem que ter motorista, homem de Deus. É uma profissão como qualquer outra.

— Acredita, Doralice, é muita sacanagem deles, eu até trabalho direito, varo o dia na luta pra olhar as crianças de noite pra Mel, você é testemunha disso.

— Isso lá é.

— Agora uma raspadinha à toa nesse trânsito louco e vem o patrão com grossura, descontando da miséria que eu recebo, me subiu o sangue, Doralice, vi tudo vermelho, quase que eu racho aquele cara no meio.

— Só faltava essa, né, Melquior, você ir preso.

— Sossega, eu sei me controlar. Pedi as contas e vim embora.

— E agora?

— Agora a mulher que se mate de trabalhar que o nego fica dormindo no quente o dia inteiro. Quer saber de uma coisa, Melquior? Tá desempregado, vai lavar e passar toda a roupa, que quem vai dormir sou eu...

A Mel, que se livrara das vizinhas, ainda pegou o fim da conversa. O Melquior não tuge nem muge, fica quieto.

— Lava ou não lava?

O marido quieto, cabeça baixa, em volta rejuntando gente. A mulherada toda com as crianças, a dona Zu, o Risadinha, o Carijó, o Omar, seu Dantas, até a Sandrinha.

— Passa ou não passa?

O Melquior calado, o cortiço todo em volta, como se ali fosse uma rinha e o Melquior e a Mel dois galos de briga preparando-se para o segundo *round*, pra calcar o esporão um no pescoço do outro.

— Como é, perdeu a língua de vergonha?

— Calma aí, Mel — aparta a Doralice. — O homem tá nervoso, pô, dá um tempo, mulher. Ele também tem suas razões, você conhece esse tipo de patrão.

— E ainda cozinha de quebra — continua a Mel, provocativa.

Melquior quieto, olho raiado de vermelho, veias do pescoço estufadas como se fossem explodir.

— Ou vai trabalhar de sociedade com o desgraçado do Rubão?

Melquior dá um grito abafado, risca o chão assim como um touro bravo no pasto, parte pra cima da Mel. A coisa é tão feia que até o Dr. Percival, lá no poleiro dele, se põe a gritar, desesperado, a última que ele aprendera:

— Percival ama a Doralice, Percival ama a Doralice.

Quando conseguem tirar o Melquior da Mel — ou será vice-versa? —, tem muito feijão queimado no fogo, criança berrando pelo quintal, a Abrica levou uma valente pisada e o cortiço parece um campo de guerra.

— Eu, hein? — A Creuza pega a filha pelo braço, arrasta pra dentro do quarto. — Não quero você assistindo essas coisas.

A menina revira os olhos no espanto:

— Cadê o pai, mãe? Vocês brigavam assim também, né? — recorda.

A Creuza não tem segredos pros filhos, é franca na verdade.

— Brigava, sim, minha filha, e seu pai ainda era pior que o Melquior, não trabalhava mesmo é nunca. Até que criou vergonha e deu no pé. Não ajudava, melhor que sumisse no mundo. Você era ainda bem pequena, tinha uns cinco anos.

Os olhos da Sandrinha agora boiam no infinito, nostálgicos, a imagem do pai embaçada na memória como vidraça molhada de chuva.

Dezessete horas

A Nava volta da confecção onde foi entregar as costuras da semana. Passou pelo supermercado, fez umas compras, esticou ao máximo o magro salário. Até se assusta quando chega:

— Que é isso, gente? Caiu temporal por aqui?

— Igualzinho, mana — ri a Doralice. — Melquior se pegou de novo com a Mel, quase que ela queima a cara dele.

— Virgem Maria! — A Nava até se benze. — Dar esse espetáculo com tanta criança, que vergonheira.

— A vida é dura — desculpa a Doralice. — Quando falta dinheiro, a coisa esquenta. Pobre da Mel, ela que se vire.

— Homem assim, melhor nenhum. — A Nava suspira, indo para o quartinho fazer a janta dos filhos.

A Zulmira aparece no pedaço.

— Comprou açúcar, nega?

— Comprei.

— Me empresta uma xícara pras mamadeiras das crianças. Devolvo amanhã...

— Espera um pouco.

A Nava tira o açúcar do pacote, bota numa lata grande, pega uma xícara pra Zulmira. Nem pensar em deixar o açúcar no pacote; com aquela umidade toda, vira pedra embolorada.

— Devolve, mesmo, hein, Zulmira? Meu dinheiro mal dá pras despesas de boca, tirando o aluguel.

— Amanhã mesmo recebo das mães, sossega.

— Não é meu feitio cobrar, repara, não.

— Quem sou eu pra reparar alguma coisa, nega? — A outra cobre com o olhar o quintal, a água pingando das torneiras do tanque, a criançada miúda esparramada pelo chão como capim-gordura. — Quem sou eu? Tamos no mesmo barco, pobreza é como doença, só entende mesmo quem tem.

— Fora as vergonheiras aí do casal, tem novidade por aqui? — pergunta Nava, guardando os teréns.

— Se você promete segredo. — A Zulmira faz suspense, olhando para os lados:

— Juro por tudo que é santo, você me conhece, mana, sou um túmulo. — A Nava se aproxima, esquece até dos guardados.

— É a coitadinha da Valdirene...

— Que tem ela?

— Engravidou de um sem-vergonha que pegou ela à força, um fotógrafo de um estúdio onde ela foi fazer um tal de *book*...

A Nava abre a boca, de susto, de tanta pena.

— Minha nossa, se o pai sabe, mata ela.

— E a coitadinha, em vez de dar parte do estupro, é capaz de fazer besteira...

— Não deixa, Zulmira, você é amiga dela do peito; tira essa ideia da cabeça da Valdirene. Se foi estupro, ouvi dizer que ela tem direito a um aborto legal.

— Que eu posso fazer? Já aconselhei, mas tá desesperada. Falta coragem pra ir denunciar o cara à polícia.

A Nava balança a cabeça:

— Eh, vida, moça tão nova. Também procurando sarna, achou. Mania que essas garotas têm de ser modelo. Pelo menos podia ter ido ao estúdio acompanhada. Levado a mãe ou uma amiga.

— Psiu... — A Zulmira alerta a outra bem a tempo. A mãe de Valdirene, a Sara, vem passando, em direção ao tanque.

— Tudo bem, Sara?

— Como Deus quer; a gente vai levando.
— E seu Zinho?
— Continua na caixa, ruim do reumatismo. Homem em casa é o diabo, atazana a vida da gente o dia inteiro...
— Logo ele sara.
— Se Deus quiser, comadre. Tô contando com isso.

A Sara se afasta um pouco, a Nava desabafa em voz baixa.
— Este cortiço cai no dia que seu Zinho souber.
— Sabe não, tá louca?
— Acaba sabendo, de um jeito ou de outro, não falta quem conte.
— Da minha boca garanto que não.
— Da minha também não, cruzes, pobre da Valdirene.
— Pelo amor de Deus, Nava, não conta pra ninguém. Nunca se sabe quem é dedo-duro.
— Lógico. E seu Zé, hein? Dizem que tá mal. Que nem passa de hoje.
— Coitada da dona Zu.

O cortiço aos poucos se agita novamente. Dele todo sobe um cheiro de comida que abafa. Feijão refogando, arroz cantando nas panelas, verdura criando caldo. Criança berrando de fome, deixando louca a Zulmira, que as mães ainda não voltaram do trabalho.

Em volta das torneiras d'água do tanque é um burburinho de canecas, panelas, cumbucas — um atropelo que atrai a Abrica, que leva pontapés:

— Sai, fedorenta!

A Zu, cabisbaixa, cabisbaixa, pensa no marido, que deixou nas últimas. Mandaram-na pra casa, ele ficou na UTI, qualquer hora telefonam pra vizinha, avisando o pior; a dona Zu até estremece cada vez que ouve a campainha tocar na casa ao lado.

Boa mulher, a vizinha — quando soube da emergência, pôs o telefone à disposição da Zu, se comprometeu a dar os recados do hospital. A dona Zu nem sabe como agradecer tanta bondade:

— Deus te proteja, minha filha.

— Que é isso, dona Zu? Vizinho é pra isso. Caso de doença é diferente. Só não gosto quando se dependuram no telefone pra namorar, pra bater boca, ainda mais agora com o preço dos tais impulsos. Agora um recadinho do hospital, que é isso? Não mata ninguém.

Dona Zu, agradecida, fez um lencinho de crochê e presenteou dona Mirinha, a vizinha do telefone. Ela adorou o lenço, pudera. A Zu é a melhor crocheteira ali do Bixiga, recebe encomenda toda semana, nem sempre pode pegar, aquela doença toda do marido, mais a artrite que aos poucos lhe deforma os dedos, que pena. Se desse conta do recado, tava feita na vida, se sustentava de manso.

Ainda assim dá pra quebrar o galho, comprar remédios, uma roupinha melhor, um agrado para o Zé, que é louco por doce, chocolate.

O telefone toca insistente na casa de dona Mirinha, a Zu estremece inteira.

Sandrinha, encostada na porta, olha a mãe preparando o jantar no fogão de duas bocas. De repente, pergunta:

— É bonito lá onde você trabalha, mãe?

A Creuza abre um sorriso:

— Uma lindeza, filha. Qualquer dia levo você pra ver. Uma boate de luxo, cheia de espelho, cadeiras todas estofadas encostadinhas assim pelos cantos, gozado, sabe? Com mesinhas de vidro em volta, tudo refletido nos espelhos. Tem uma porção de plantas, gente bem-vestida, cheirosa, uma beleza. E tem até quem me dê umas gorjetas no capricho.

Espelho, sempre espelho, por toda parte. Sandrinha sorri, triste, algum dia, quem sabe, ela vai poder se olhar num espelho, sem medo nem raiva, revendo o lindo rosto de antigamente...

Dezoito horas

Benedito aponta no cortiço, direto da construção onde é operário. Vem só de fugida, a construção é perto, pra avisar a Doralice que vai fazer hora extra.

Doralice não gosta de hora extra. Pode ser, mas também pode não ser. O Benedito anda com uma cara gozada, dessas de gato que comeu o canário da gaiola, e ela não está gostando nada, nada. Se descobre alguma coisa, ele vai ver com quantos paus se faz uma canoa, e de jatobá, ainda por cima.

Benedito vem voltando do chuveiro, agora se veste com apuro — se entrega. A Doralice, mão na cintura, estoura:

— Hora extra, hein, seu malandro? Banho tomado, roupa limpa e ainda água de cheiro no sovaco? Você vai é pra farra, seu sem-vergonha de uma figa, seu descarado.

O Benedito ainda tenta disfarçar, que jeito?

Caiu na língua da Doralice, tá ferrado.

— Daqui você não sai, peste.

— Lógico que eu saio, tá brincando; desde quando recebo ordens de mulher?

— Da sua mulher, seu safado.

— Pelo amor de Deus — intervém a Zu, passando. — Nem bem acabou o bochincho da Mel com o Melquior. Calma, gente, que isto aqui vira uma bagunça. Olha o exemplo.

— Olha o exemplo — repete a Doralice, entre os dentes.

— Ponha calma nessa sua cabeça de pernambucana esquentada. — O Benedito agora capricha no cabelo.

Pra Doralice é demais. Ela vive aporrinhando o Benedito pra ajeitar o cabelo, ele nem dá bola. Toma banho e sacode a gaforinha como cachorrinho novo. É bonito o danado e sabe disso. Agora, em frente ao espelho, se ajeita, maneiroso, recendendo a perfume.

— Já disse que daqui você não sai.
— Cuida da sua vida, mulher.
— Se você sair, quando voltar, não me acha.
— Vai pra onde? Pra Pernambuco? — ri o marido.
— Pra qualquer lugar, menos aqui.

O Benedito termina o penteado, alcança o maço de cigarros em cima da cama, se prepara para sair, um gatão.

Doralice se posta na porta, impede a passagem. O Benedito enfrenta:

— Deixa eu passar, Doralice...
— Só se tirar essa roupa e pôr fatiota de trabalho mesmo.
— Mas a hora extra não é na construção, sua boba...
— Ué, onde é, então?
— Na casa do patrão.

A Doralice se espanta, então o Benedito aproveita a deixa e explica, explicadinho da silva. O patrão o contratou pra fazer uns servicinhos na casa dele, coisa pequena, mas quer homem caprichoso, de fino trato. Então tomou um belo banho, botou a roupa melhorzinha; vai fazer o bico pra garantir o leite das crianças. E a Doralice desconfiando dele; podia estar dormindo em vez de sair pra trabalhar de noite. "Isso até dói, Doralice."

A Doralice suspira, olha bem pra cara do Benedito, que tem o ar mais santo do mundo; ar de hora extra em casa de patrão exigente.

— Se eu descubro que é mentira...
— Descobre o quê, mulher, não esquenta.

A Doralice bobeia, na dúvida, ele escapa. A Doralice fica na incerteza. Um bate-papo animado chama a sua atenção. Coisa de passar o tempo, alguém falou num sonho antigo, outro lembrou o dele, cada um com o seu. De novo a velha história. Quem não tem um sonho na vida?

— Qual o seu, Doralice? — quer saber a Nava.

— O meu? Sei lá. — Doralice sorri. — Que a hora extra do Benedito seja mesmo na casa do patrão dele...

— Sonho, coisa difícil, mulher — ri a Nava. — Assim como ser modelo e artista de novela igual a Valdirene.

— Será que vale a pena mesmo sonhar? — suspira a outra, respingando o velho assunto.

As opiniões se dividem à beira do tanque. Vale a pena sonhar? Uns acham que sim, outros que é perda de tempo. De repente, alguém lembra:

— Seis horas, gente, hora de correr o bicho...

— Alguém viu o Nanico?

— De manhã — diz a Doralice. — Andou por aqui, oferecendo a fezinha.

— Cedinho — confirma dona Zu. — Ele até me fiou a borboleta.

A Sandrinha entra na conversa:

— Os home levaram ele.

— Quem, Sandrinha?

— Os home da polícia.

— Você viu?

— Vi tudinho, tava escondida atrás da árvore, eles não viram eu. Deram uma porrada na cara dele que esguichou sangue...

— Mas por quê? — A dona Zu fica indignada com aquilo.

— Foi o Santo.

— Aquele desgraçado — se enfurece a Doralice. — Já pus ele pra fora daqui, mas volta sempre. Que foi desta vez?

— O Santo botou um pacote no sovaco do Nanico — continua a menina.

— Credo, Sandrinha, tem certeza? — inquieta-se o Dantas.

— Botou, eu vi; tava fugindo dos home, veio pro cortiço, botou a coisa no Nanico, depois fugiu pelos fundos. Os home cataram o anão e levaram ele...

— Meu Deus, coitado do Nanico! — A dona Zu segura o coração, agoniada. — Tão meu amigo, sempre me fiando a fezinha...

— Sossega, tia, que você não ia ganhar mesmo nada... — consola o Joel. — Pobre não tem vez mesmo.

Nem viram o Risadinha chegar, de fininho como saíra. Leve e solto feito um gato. Que a gente acostuma a ver e nem olha mais. Acercou-se de fininho da dona Zu, falou qualquer coisa no ouvido. A Zu arregalou primeiro os olhos, ficou assim parada, depois abriu a boca, como se fosse ter um ataque.

— Dona Zu, o que foi? — Sacudiu a Doralice, espantada. — Acuda, gente, que ela teve um treco. O que foi que você disse pra ela, seu malandro?

O Risadinha soltou uma risada:

— Ela faturou o milhar da borboleta, gente!

Sandrinha se encolhe num canto enquanto a turma abraça, sacode, vira a Zu do avesso. Quanto é que ela ganhou naquele milhar de borboleta? Daria pra fazer as operações de que ela, Sandrinha, precisa? E daí? O milhar é da dona Zu, não é dela, nem da Creuza, nem dos dois irmãos menores, que ainda nem sabem o que é jogo do bicho. Bom ser pequeno, não saber das coisas. Quando o pai foi embora nem sofreram, tão pequenos, o caçula ainda de colo. Pra ela, sim, ficou todo o peso da partida do pai, depois a ausência da mãe, trabalhando de noite, ela olhando irmão, trocando fralda, esquentando mamadeira, mal alcançando o fogão, na ponta dos pés, ajudando sempre, a mãe por perto ou não — até que uma noite faltou luz no quarto, os irmãos começaram a gritar e ela na aflição fez tudo errado, derrubou a vela e pôs fogo no quarto, transformando-se numa tocha viva, que carrega pra sempre as marcas — a menos que algum dia acerte quantos milhares de borboleta forem precisos pra comprar de novo seu passaporte para a vida.

Dezenove horas

Festa no cortiço; não é todo dia que alguém ali ganha no jogo do bicho, apesar de tentarem tudo, sena, lotomania, lotofácil, o que houver.

Trazem água com açúcar pra dona Zu, até o Joel cria alma nova, sorridente:

— Escondendo o leite, hein, dona Zu? A bença, madrinha.

— Coitado do Nanico — a Zu faz que não ouve. — Tão compreensivo, me fiando a fezinha, agora jogado numa cela, sem dever nada...

— Até que ele deve, né, dona Zu? — devolve a Doralice. — Jogo do bicho é contravenção.

— Mas passador de droga ele não é — garante o Risadinha, que está por dentro das coisas do Bixiga.

— Espero que outras pessoas não sejam também — diz a Rosa-Margarida, olhando feio pro filho.

O Risadinha se afasta na hora — sermão, hein? Mas antes avisa a Zu:

— Passa amanhã no homem pra receber o dinheiro...

O homem é o bicheiro que domina o bairro, todo mundo sabe onde fica, até a polícia. Falou "vai no homem", nem precisa dar endereço, é mais conhecido que igreja.

A turma resolve fazer uma festa pra comemorar a sorte da Zu, coisa simples. No começo ela fica meio sem graça, dar festa, gente, afinal o marido tá mal no hospital, morre não morre, podem falar, né? A dona Zu ainda é desse tempo. Tem um medo da opinião pública que é até gozado. Um respeito humano do qual a Nava tira sarro:

— Nessa idade, tia, se preocupando com falatório?

Num instante aparece uma porção de coisas pra festa, cada um entra com o que pode e tem: garrafa de cachaça, essa sempre tem, como diz o Severino, "gole de pinga engana a fome do pobre", outro traz cerveja, outro descola sanduíches de muito pão e pouco recheio, refresco, pipoca, tá feita a festa. Além do Melquior, o marido da Mel, que toca um violão caprichado e tem um ciúme danado do bichinho que a mulher vive ameaçando: "Se criança chorar de fome, eu vendo o violão".

De violão a Zu gosta. Principalmente quando Melquior canta as modas sertanejas que lembram a mocidade dela, aquela cantoria que fala de seca, gado morrendo, desgraça tanta, mas também fala de amor, de alegria, de esperança, que essa sempre existe e, como diz o povo, é a última que morre. Pois não vê o caso dela? Marido se finando no hospital, ela praticamente na miséria, vem o abençoado milhar na borboleta que o Nanico fiou pra ela.

— Não tão fazendo nada por ele? E o homem não tomou providência?

— Sossega, Zu — riu o Joel. — O homem tem advogado de penca, de porta de cadeia. Tira o Nanico num vapt-vupt.

— Olha, não vai ser tão fácil assim — corrige o Dantas. Em matéria de lei ele tem prática. — Pegaram o rapaz com a muamba toda, no flagrante, gente. Não sai logo, não. Tá enrascado.

— Com o dinheiro do homem? — rebate o Joel. — Com o prestígio dele? Elege até deputado... cambista do homem não fica preso, vai lá só de visita, provar do rancho.

— E o desgraçado do Santo? — pergunta a Josefa, segurando a barriga que deu de pesar uma barbaridade, haja paciência, meu Deus, até parece que carrega o mundo dentro dela, não vê a hora de passar o último mês — mulher sofre!

— Ah, aquele?! — A Doralice até rilha os dentes quando pensa no Santo. — Se me aparece de volta, sou capaz de matar.

— Calma, mulher — pondera a Nava. — Não fala assim, tá louca? Mulher esquentada desse jeito nunca vi na vida.

— Você me conhece, Nava, se eu pego aquele sacana de jeito, espremo ele como limão.

No melhor da festa aparece a Valdirene. Vem amuada, não quer prosa, vai direto pro quarto. A mãe estranha:

— Será que tá doente?

A Zulmira se oferece, conciliadora:

— Pode deixar que eu vou olhar, Sara.

Encontra a Valdirene jogada no beliche no canto do quarto que divide com os pais e mais duas irmãs. A garota está pálida, a Zulmira se assusta:

— Fez loucura, Valdirene?

— Tá acabado; fiz o que tinha de fazer e pronto.

— Na Euvriges?

— Não. Na casa de uma amiga. Ela comprou uns comprimidinhos no camelô que servem pra abortar. Agora é esperar pra ver o que acontece.

— Que loucura! Aconselhei tanto, menina — se aflige a Zulmira. — Você tem direito a aborto legal em hospital, com todo recurso. Pra que arriscar a vida desse jeito? Já ouvi falar que esse tal remédio pode até matar.

Sentada no beliche, a Valdirene, olhar embaçado, encara a Zulmira.

— Lembra a Edilúcia?

— Aquela sua colega de escritório?

— Ela mesma. Um cara pegou ela no elevador, ameaçou de revólver, levou pra uma sala vazia. Ficou três horas, fazendo tudo o que ele queria com ela. Pra não morrer, ela não resistiu, porque tem uma filha de cinco anos pra sustentar, é mãe solteira.

— E aí?

— Aí que saiu e deu parte, numa delegacia comum. Passou o maior vexame com o delegado, depois também no Instituto Médico Legal, aquela indiferença, quase brutalidade. Ela se sentindo um lixo. Sabe o que aconteceu? Insinuaram que ela devia ter tentado o tal homem, depois nem tinha marca de violência, nem apanhou nada, né? Se estivesse toda arrebentada, eles iam se comover, sei lá. Ela ainda teve sorte de não engravidar; eu não ia aguentar passar por tudo aquilo, Zulmira, juro!

— Mas a sua amiga poderia ter ido a uma Delegacia da Mulher. Teria sido muito melhor tanto pra ela quanto pra você...

Sandrinha, xereta, escutou tudo pela porta mal fechada e fininha do quarto. Agora tem os olhos, como bolas de gude, arregalados. Coisas estranhas estão falando lá dentro a Valdirene e a Zulmira. Estranhas mas levemente familiares, já ouviu coisa parecida ali pelo cortiço. Um leve e fugidio medo toma conta dela como se ela fizesse parte disso de alguma forma, pelo simples fato de também ser mulher.

Vinte horas

Zulmira suspira; falar o quê? Não tem mais jeito mesmo. Mulher é um caso sério. Sempre sobra pra ela. Se trabalha só dentro de casa, não tem vintém pra comprar uma roupa que preste, um mísero batom. Se trabalha fora, acumula tudo, emprego e serviço, se mata de trabalho, e os maridos começam a encostar o corpo, como conhece tantos, ou somem na poeira, como o da Rosa-Margarida — que nos últimos tempos nem trabalhava mais, ficava fumando e dormindo até se juntar com uma dona de bar que sustenta ele, agora mesmo que não trabalha mais, só bebe.

E a gravidez, criar filhos às vezes sozinha, ser pai e mãe ao mesmo tempo? Isso fora as violências tipo Edilúcia ou Valdirene, as humilhações na polícia, o vexame dos jornais, a luta pra provar tudo, conseguir um aborto legal em caso de gravidez. Dependendo do que vão achar, supor lá em cima, como se ninguém fosse dono do próprio corpo, precisasse de ordem dos outros pra tomar uma decisão.

Então cai nas mãos da Euvriges. Essa Euvriges é caso de polícia, essa sim. Quantas como ela, no bairro, na cidade, no país? Tudo por quê? As mais ricas, nem tanto, as remediadas se arranjam bem, todo dia, tá ficando carne de vaca, a tevê mostra a polícia estourando clínicas grã-finas que cobram caro por um aborto, fazendo a fortuna de sabidos. Agora, pras mulheres como ela, a Edilúcia, a Valdirene, as mulheres todas do cortiço, das favelas, as mulheres pobres, sobram as Euvriges da vida. Ou então comprimidos comprados de camelôs ou farmacêuticos inescrupulosos que os vendem no câmbio negro. Não era melhor legalizar o aborto de uma vez, o direito ser igual para todas as mulheres, pobres ou ricas, casadas ou solteiras, violentadas ou não, de não terem filhos indesejados, mas isso com dignidade, sem arriscar a vida, sem enriquecer sacana, ao arrepio da lei? Não seria melhor, meu Deus, infinitamente melhor?

Olhando a Valdirene, estendida na cama, pálida, apavorada com o que fez, e o que ainda pode acontecer, Zulmira sente uma pena imensa, indescritível, nem sabe o que dizer:

— Conta pra sua mãe, se abre com ela.

— Tá louca?

— Calma, falei só por falar.

A Valdirene explode em soluços.

— Não confia nela, filha?

— De jeito nenhum, Zulmira, a mãe põe a boca no mundo, o pai sabe na hora. Ou ele me mata ou me põe pra fora, já disse.

— Barbaridade. — A Zulmira não se conforma mesmo. — Na hora que uma cristã mais precisa de ajuda; pra que serve pai e mãe, pô?

Valdirene continua a chorar, parece mais pálida agora, fraca. De repente, dá um grito e se contorce toda.

— Que foi? Tá sentindo alguma coisa? — se espanta a Zulmira.

— Peça socorro, depressa! — suplica a garota, enquanto o lençol se tinge de sangue à sua volta.

A Zulmira sai num pé só, numa rajada; tá com um pressentimento horrível, uma coisa dentro dela. Toca desesperada a campainha da casa vizinha, onde mora Mieko, estudante de medicina, filha da dona Mirinha.

Dá sorte. É a própria Mieko quem vem atender.

— Você é amiga da Valdirene?

— Sou, sim, por quê?

— Ela precisa de ajuda urgente, porque fez uma loucura...

— Loucura? — A Mieko entende logo, ela sabe do estupro.

A Zulmira abaixa a voz, olha para os lados:

— Foi um aborto, moça, com o tal remédio que vendem por aí, agora tá sangrando, pálida que só vendo, vem logo, por favor...

A Mieko nem discute, acompanha a Zulmira. Entram no cortiço. A festa vai em frente, o Melquior cantando alto ao violão, nem tomam tento das duas. A Zulmira leva a Mieko até o quarto, onde a Valdirene continua se contorcendo de dores no beliche, esvaindo-se em sangue.

— Me ajuda, pelo amor de Deus! — suplica, ao ver a amiga.

A Mieko é decidida, age rápido:

— Vou levar você para o Pronto-Socorro do Hospital das Clínicas. Você precisa de uma curetagem benfeita.

— E como é que vou explicar pro pai, pra mãe? — ainda argumenta a garota, apavorada.

— Deixe comigo. Eu digo que você está doente, problemas de mulher, qualquer uma pode ter e nem estou mentindo. Se ficar aqui, corre risco de vida, não posso permitir.

— Tá bom, eu vou — geme a Valdirene, de dor e de pânico.

— Espere um pouco que vou buscar meu carro — diz Mieko, saindo.

Esbarra na Sandrinha, olhar assustado. A menina pergunta:

— Precisa de ajuda?

Nos olhos pálidos a dor muda. Mieko conhece a menina, gostaria muito de ajudá-la, continua tentando uma internação, mas está difícil, muita espera, depois não é coisa apenas de uma operação de emergência, são necessárias muitas cirurgias, anos de tratamento.

— Me faça um favor, Sandrinha? Avise minha mãe que eu vou levar a Valdirene pro hospital, volto quando puder.

Sandrinha, com a sensibilidade que desenvolveu com seu próprio problema, intuindo a dor alheia, os profundos caminhos da mágoa e da desesperança, sai a galope, contente de poder ajudar no drama que ela sabe, adivinha, vai lá dentro do quartinho.

Vinte e uma horas

Corre-corre no cortiço. A festa para, as mulheres todas ajudam a colocar a Valdirene no carro, embrulhada numa toalha de banho, com uma hemorragia daquelas.

A Sara chora, consolada pelas vizinhas:

— Que é isso, moça nova reage logo, daqui a pouco tá de volta...

A Zulmira vai junto pra dar uma mão pra Mieko, que tem de dirigir. Partem num átimo, o povão do cortiço acenando e rezando, acendendo vela, unidos num só sofrimento e solidariedade.

Enquanto Sara chora, seu Zinho não gosta nada daquilo:

— Ela disse alguma coisa, mulher?

— Não disse, Zinho, mas a Mieko falou que não é coisa grave, só coisa de mulher...

— É médica a moça?

— Quase, Zinho; tá no último ano, já dá plantão.

— Sei lá, coisa mais esquisita...

— Ela levou a Valdirene pras Clínicas, lá tem um monte de médico formado, só adiantou o serviço, as ambulâncias demoram horas.

— Sei não... — Seu Zinho remói suas dúvidas. Uma menina tão sadia, tão forte, de repente um negócio desses. Nem pensar, nem pensar...

É interrompido nos seus pensamentos pelo grito da Josefa, que apela lá do quarto:

— Me acuda, gente, que tá nascendo!

Outro rebuliço. A mulherada corre na presteza, a Zu é a primeira que entra. Tem prioridade absoluta a dona Zu ali no cortiço. Na cama, suando em bicas, rodeada da filharada, a Josefa explica do alto da sua experiência antiga:

— Não dá mais tempo pra nada, gente, alguém apare que já tá nascendo mesmo...

A dona Zu toma o comando da situação. Toca a criançada pra fora, menos o pequeno, que ainda de peito se agarra na mãe de unhas e dentes, não há quem tire.

A Zu vai dando as ordens, com apuro:

— Quero água fervida, tesoura bem limpa, álcool, lençol passado...

É um esparramo, um espalhafato no cortiço, uma alegria. Todos correm, todos ajudam, a maioria só atrapalha. Aparece tudo, tesoura, álcool, lençol limpo e cheiroso, água quente, enquanto a filharada da Josefa berra em altos brados, sem entender direito a coisa, e o de peito só olha de dedo na boca e susto nos olhos, agarrado ao pescoço suado da mãe.

A Josefa dá um último arranco, um derradeiro gemido, a criança espirra no ar, de um jato só, ansiosa de vida, uma coisa incrível de tão linda. Dona Zu até grita de espanto:

— Virgem Nossa Senhora do Bom Parto, que vontade de nascer... é menina!

— Que Deus vele e guarde! — suspira a Josefa caindo no travesseiro, extenuada. — Mulher só nasce pra sofrer...

— Vira essa boca pra lá, criatura — se afoba a Zu, cortando umbigo, lavando criança, tirando aquele sebo todo que o corpinho miúdo até escorrega nas suas mãos...

— Beleza de menina, cadê o Ivanilson?

— Por aí, procurando emprego — suspira a Josefa. — Nem tá sabendo que a filha nasceu.

Risadinha espia pela porta, jeitoso:

— Tá carregando caminhão aqui mesmo no Bixiga; quer que avise?

— Me faz o favor, Risadinha.

Risadinha sai a jato com a boa-nova, mensageiro feliz na noite enluarada do Bixiga. Contar pro Ivanilson que tem mais uma boca pra alimentar, mais um choro pra ouvir de madrugada, mais um filho pra curtir na vida. Sete, até parece conta de mentiroso, seu.

A dona Zu, entretida com a Josefa e o bebê, esquece da vida. Ou melhor, se embebeda de vida, olhando a recém-nascida que espirrou do ventre da mãe, tão depressa, meu Deus, depressa demais que até pode fazer mal. Afinal tudo tem seu tempo certo de acontecer, a Zu é fatalista, acha que tá tudo escrito lá em cima, nos livros de Deus.

O telefone toca na casa da dona Mirinha e reflete nas paredes finas do cortiço onde se ouve tudo, até o que acontece nas outras casas, que não são tão melhores assim, todas geminadas, agarradas umas nas outras como se escorando no mundo.

A Sara aparece atrás da dona Zu, avexada:

— Telefone do hospital, vai atender, nega, que eu termino isso.

Dona Zu não diz nada, passa o leme do barco pra outra, sai devagar, arrastando as chinelas. Pra que pressa? Pressa é pra coisa boa, pra notícia de estourar o coração de alegria.

A Sara sacode a cabeça:

— Coitada da Zu, tá sozinha no mundo agora.

Logo mais, dona Zu escondida atrás do tanque, lugar escuro e bom, lugar certo pra chorar. Ouviu tudo direitinho no telefone, a voz tentando ser maneira, que adianta, maneira ou não, a notícia é a mesma. O Zé apagado de vez. Esperado, não era? Tão mal o pobre, aquele peito magro subindo e descendo, respirando numa sofreguidão de ar, num arrocho de vida... descansando agora sozinho lá na enfermaria, numa solidão infinita. Cercado de gente e sozinho.

A dona Zu atrás do tanque, lugar escuro e bom, como útero de mãe, se encolhe o mais que pode, se pudesse virava um feto todo encolhido nela mesma e entrava num ventre de mulher, como o da Josefa, um ventre quente e bom, cálido e macio, de onde espirrara havia pouco a menina impaciente de vida. A Zu nunca tivera filhos, dela nunca espirrara vida alguma. A Zu tinha apenas o Zé.

Uma nascendo, outro se finando, e a Valdirene escorrendo a vida que ela não deixou vingar nela; ninguém contou, ela adivinhou, vai ver é coisa da carniceira da Euvriges.

Tudo embolado na cabeça da Zu — as lágrimas agora começam a escorrer pelo rosto enrugado, ela bem enroladinha atrás do tanque, curvada em si mesma, as velhas raízes, como árvore centenária da qual lhe arrancaram os galhos.

Tantos anos juntos — quantos? Quarenta, quarenta e dois, mais? O tempo passando tão rápido, meu Deus do céu, tão rápido, quando se dá por fé passou o tempo, a vida, chegou a velhice, a hora do adeus, o fim...

Dona Zu chora mansinho, suave, as lágrimas molham a blusa florida que ela comprou à prestação da vendedora de roupas, que passa uma vez por mês no cortiço, trazendo vestidos, saias, blusas, dentro de uma sacola preta pesada pra burro.

A blusa florida fica molhada, empapada de lágrimas. A vida toda da dona Zu escorre feito chuva fina e dolorida, queimando dentro dela como braseiro, um punhal aguçado a fel. Nem percebe o vozerio que toma o quintal, se espalha pelo quarto, invade o ar, até que por ela passa a Rosa-Margarida, em prantos, desatinada, cabelo em pé. A Zu levanta a cabeça espantada, quando a outra solta um urro de fera acuada:

— Me acuda, Zu, que levaram meu filho!

Na confusão, no aperreio da hora, ninguém percebe o corpinho que desaba ali mesmo atrás do tanque; é a Sandrinha que desmaiou de emoção ao saber que perdeu o único amigo sincero que tinha ali no cortiço.

Vinte e duas horas

Dona Zu até esquece da própria dor ante o desespero da Rosa-Margarida. O marido está morto, e morte é coisa sem remédio neste mundo de Deus — mas o Risadinha está vivo, encrencado até o pescoço, justo na primeira vez que sai de mensageiro de alegria, de esperança, pô! Azar demais.

O cortiço se junta em torno da Rosa, eta dia atormentado, acontece tudo de uma vez... todos querem dar uma opinião, seu Dantas abre um claro no assunto:

— Como foi isso, Rosa?

A Rosa fala entre lágrimas:

— A Josefa deu à luz a menina, Risadinha se ofereceu pra avisar o Ivanilson lá onde ele faz bico carregando caminhão; quando estavam voltando, a polícia pegou ele e levou para a Febem, só deu tempo de pedir pro Ivanilson me avisar...

— Caso difícil, Rosa.

— Ué, vou lá e tiro o meu filho, provo que sustento ele, tenho emprego público, certo, eles não podem pegar o menino desse jeito como se fosse um cão vadio.

— Sabe como é, Rosa... — O Dantas coça a cabeça, desconsolado. Como é que vai entregar o Risadinha justo pra mãe dele? Será que ela sabe que o garoto é mensageiro de tudo que é treta naquele bendito Bixiga? Que mesmo sendo a mãe, mulher honesta e trabalhadora, respeitada no cortiço, vai ser difícil conseguir de volta a guarda do filho porque não tem controle sobre ele que vive em más companhias. Se ao menos o Risadinha tivesse mais juízo, ele aconselhou tanto, trabalhasse honesto, evitasse problemas, mas qual! Entrava por um ouvido, saía por outro, a mesma risada impertinente: "Preciso me virar, seu Dantas, pagou bem eu faço".

A Rosa-Margarida sacode o Dantas:

— E o seu advogado?

— Que tem ele?

— Procura ele, seu Dantas, pelo amor de Deus, eu pago. Pede pra ele tirar meu filho da Febem.

— Pedir eu posso, Rosa, mas desde já vou avisando: não tenha ilusões. Conheço um pouco dessas leis todas de tanto que espero por elas.

Rosa deságua novamente em choro sentido, consolada pelas vizinhas. A dona Zu chora junto, em duplicata, pelo finado e pelo Risadinha, trancafiado longe da família e dos amigos.

— Irmã Ângela — lembra alguém. — Ela sempre foi amiga do Risadinha.

A Rosa até toma alento.

— Alguém sabe onde ela mora?

— Ué, freira mora em convento — diz a Nava.

— Sei lá, tá tudo mudado.

A Nava fica pensando:

— Pera aí, ela diz que mora... tá na ponta da língua.

— Pelo amor dos seus filhos! — suplica Rosa.

— Lembrei! — A Nava dá o endereço, e a Rosa vai saindo.

— A essa hora, não — tenta impedir o Dantas. — Espera ao menos amanhecer. Irmã Ângela deve estar dormindo...

— Esperar? Ficou louco? Amanhã cedinho quero meu filho de volta. Alguém vem comigo?

— Eu vou — resigna-se o Dantas. Não pode deixar a Rosa andando por aí, desatinada como está.

— Vou também — oferece a Nava. — A gente indo em comissão dá mais força, né?

Saem os três. Só aí a Zu dá a triste notícia, que alguns já sabiam pela Sara.

— Morreu o Zé, gente.

— Ai, dona Zu. — Doralice abraça a amiga, chorando.

— Como é que foi, quando? — todos querem detalhes.

— Agorinha mesmo — diz a dona Zu. — Tava chorando aqui no tanque, criando coragem pra tomar as medidas necessárias, quando a Rosa apareceu, coitada, adiei a notícia pra não complicar mais ainda.

— E a senhora não tem de ir lá, agora? — pergunta a Raimunda, mulher entendida nesses negócios de velório. Lá na boa terra, a Bahia, ela era carpideira das boas.

— Disseram que não, pra esperar amanhecer, logo cedinho tô lá.

— Vou junto, eu gostava muito do seu Zé — oferece a Raimunda.

— Bem que eu queria ir também — diz a Doralice —, mas como é que eu vou largar este muquifo, gente, justo na hora pior? Se eu viro as costas, se matam na fila do banho.

— Não esquenta, filha — consola a Zu. — Raimunda comigo já me dá alento. E pensar que fizemos até festa...

ENTRE LINHAS SOCIEDADE

Sonhar é possível?
Giselda Laporta Nicolelis

Suplemento de leitura

O cortiço desperta já agitado: rádios de pilha aos berros, fila para usar o banheiro, morador reclamando de falta de água no chuveiro, crianças chorando de fome... é hora de a turma se mandar para o trabalho. Em casa, ficam apenas as crianças e os desempregados. Mas nem de longe o dia no cortiço será tranquilo; em 24 horas muita coisa vai acontecer, como você pôde perceber: nasce a filha de Josefa; dona Zu acerta o milhar no jogo do bicho e no mesmo dia o marido falece; Joel é ferido no assalto ao banco onde é vigilante; Risadinha é levado para a Febem ao ser flagrado entregando um "pacote" na vizinhança; Valdirene é levada às pressas para o hospital por causa de um aborto provocado; o camelô Severino é preso pela polícia num "rapa", além de outros acontecimentos.

Lutando duramente para sobreviver nesse ambiente de pobreza, dificuldades, violência e injustiças, é possível sonhar com uma vida melhor?

Por dentro do texto

Personagens e enredo

1. Descreva Doralice, a personagem principal de *Sonhar é possível?*.

   _____
   _____
   _____
   _____
   _____
   _____

2. A maioria das personagens de *Sonhar é possível?* tem em comum a vida sofrida, de muito sacrifício. Descreva, em poucas palavras, as seguintes personagens:

   - Benedito: _____

   - Rosa-Margarida: _____

   - Seu Zé: _____

   - Mel: _____

   - Creuza: _____

   - Ivanilson: _____

   - Zulmira: _____

   - Severino: _____

3. Como é a relação dos moradores do cortiço?
_____
_____
_____
_____
_____

4. Como você define o cotidiano das crianças do cortiço?
_____
_____
_____
_____
_____

5. O que levou Santo a traficar drogas?
_____
_____
_____
_____
_____
_____
_____
_____
_____

acontece com certa frequência entre crianças que ficam sozinhas em casa. Em grupo, faça uma pesquisa sobre o tema *queimaduras*, buscando informações como: quais são os acidentes domésticos mais comuns; que agentes causam queimaduras; a classificação das queimaduras; as formas de prevenção de acidentes com agentes que causam queimaduras; os primeiros socorros em caso de acidentes envolvendo queimaduras, etc. Com os dados coletados, que tal organizar uma apresentação para a classe e se possível para as outras turmas da escola? Vocês podem também montar um manual de prevenção ilustrado e expô-lo no mural da escola.

18. Ao adoecer, seu Zé é internado; os vizinhos acreditam que seja tuberculose. Para eles, a doença foi causada pela umidade do cômodo onde o aposentado vive com a mulher. Porém, na realidade, a tuberculose não é adquirida por causa da umidade. Que tal pesquisar sobre essa doença e redigir um breve diálogo explicando aos moradores do cortiço as formas de contágio e o tratamento da tuberculose?

c) "[...] a gente tava só esperando a criança nascer pra lhe convidar [...]." (p. 97)

Produção de textos

14. "[...] pobreza é como doença, só entende mesmo quem tem." (p. 54) Você concorda com esta fala de Zulmira? Reflita a respeito e escreva um parágrafo apresentando sua opinião e justificando-a.

15. "Não era melhor legalizar o aborto de uma vez, o direito ser igual para todas as mulheres, pobres ou ricas, casadas ou solteiras, violentadas ou não, de não terem filhos indesejados, mas isso com dignidade, sem arriscar a vida, sem enriquecer sacana, ao arrepio da lei?" (p. 65-6). Com base nesse trecho extraído da história, defenda seu ponto de vista a respeito da legalidade do aborto em forma de carta endereçada a um jornal.

16. O livro chega ao fim, mas a autora deixa em aberto o "dia seguinte" das personagens. Escolha uma delas e dê continuidade à sua história: o que teria acontecido nos dias que se seguiram? Cabe a você dar o rumo da história pessoal da personagem; assim, solte a imaginação e boa escrita!

Atividades complementares

(Sugestões para Ciências e Artes)

17. Em *Sonhar é possível?*, a personagem Sandrinha tem o rosto deformado por queimaduras sofridas em um grave acidente doméstico, fato que

6. Após ler o livro e se envolver com a vida das personagens, como você interpreta o título da obra? Para você, sonhar é possível?

Espaço e tempo

7. Como é exatamente o cortiço retratado em *Sonhar é possível?*?

8. Destaque alguns acontecimentos inusitados que ocorrem durante as 24 horas descritas no livro.

Foco narrativo

9. O narrador é aquele que conta os fatos, descreve o ambiente e as personagens. Assinale a alternativa que define o tipo de narrador de *Sonhar é possível?*:

    ( ) Narrador-personagem — é aquele que relata uma história da qual participa de acordo com o seu ponto de vista, em primeira pessoa.

    ( ) Narrador-observador — é aquele que não participa da ação e conta os fatos em terceira pessoa, não revelando o que as personagens pensam e sentem.

    ( ) Narrador-onisciente — é aquele que revela, em terceira pessoa, o que as personagens pensam e sentem, sabe de tudo que acontece na história.

10. Retire do texto exemplos que justifiquem sua resposta à questão anterior.

    _____
    _____
    _____
    _____
    _____
    _____

Linguagem

11. Algumas personagens da história têm um "segundo nome", que revela uma característica delas. A partir da narrativa e de suas impressões pessoais, como você define as personagens abaixo?

    - Juca-encosto: _____
    _____

    - Lena-Porreta: _____
    _____

• Rosa-Margarida: _____

12. Reescreva as frases abaixo, dando o significado das expressões destacadas:

a) "Quem faz a parte *do leão* aqui é a Doralice." (p. 23):

b) "Passou pelo supermercado, fez umas compras, *esticou ao máximo o magro salário*." (p. 53)

c) "Nem viram o Risadinha chegar, *de fininho* como saíra." (p. 60)

d) "Dona Zu não diz nada, *passa o leme do barco* pra outra, sai devagar, arrastando as chinelas." (p. 70)

13. Reescreva as frases abaixo de acordo com a norma culta:

a) "Vi tudinho, tava escondida atrás da árvore, eles não viram eu." (p. 59)

b) "Botou, eu vi; tava fugindo dos home, veio pro cortiço, botou a coisa no Nanico, depois fugiu pelos fundos." (p. 59)

— Que festa, dona Zu — acode a Sara. — Um fregezinho sem compromisso, umas cantorias inocentes... depois, quem ia adivinhar que o pobre Zé ia entregar a alma pra Deus logo agora?

— Coitado do meu Zé — soluça a Zu.

Do quarto da Josefa, outros choros se alastram, da menina recém-nascida, do caçula enciumado, expulso temporariamente do peito da mãe. Os choros se juntam na noite enluarada, sob as estrelas encobertas pela poluição, se abraçam como tentáculos desesperados, mútuos e coniventes, a força da vida e a irremediável da morte cruzando-se como sempre na imensa trilha, no mesmo passo.

Alguém faz um chá de capim-cidreira, dão pra Zu, na cama do quartinho abafado, cheirando a mofo, como se ela fosse criança. A Zu, cansada, finalmente pega no sono, ressona suave, baixinho, estremecendo às vezes num soluço incontido.

Longe dali, Rosa-Margarida, Nava e Dantas acordam o casarão onde vive a irmã Ângela, fazem um rebuliço danado, lutando pra salvar o Risadinha, que dormiu chorando lá na Febem, apenas um menino solitário com saudades da mãe, do cortiço, dos amigos, planejando fugir na primeira oportunidade.

No cortiço, a Creuza, aflita, que já perdeu a hora do serviço, vira tudo pelo avesso à procura da Sandrinha, até encontrá-la, refeita do desmaio, atrás do tanque, fugindo do mundo e dela mesma, igualzinha a dona Zu.

Vinte e três horas

Juca-encosto vem chegando, cara de poucos amigos, Doralice estranha:

— Que cara é essa, homem de Deus?

— Cadê Zulmira?

— Já volta; foi ajudar a levar a Valdirene no Hospital das Clínicas, que tava mal, a pobre. Aconteceu alguma coisa?

O outro desabafa:

— Nem queira saber o bochincho que deu hoje naquele ônibus da peste.

— Que bochincho, homem?

Já vai chegando gente pra escutar, junta até criança em volta...

— Na pior hora entrou uma gangue de caras mal-encarados — continua o Juca —, de repente, bem na catraca, estourou a briga, entre dois garotos, nem conto, Doralice, nem conto... Pulou gente por cima dos bancos, sem pagar, um começou a gritar, outro entrou na gritaria, e já era o ônibus inteiro gritando, uma loucura.

— E você?

— O que eu podia fazer? Garanti o dinheiro, gritei pelo motorista: "Para, pá, ó Manel!".

— Ele parou?

— Parou coisa nenhuma. O besta só diminuiu a velocidade, se divertindo pelo espelho retrovisor, pensando que tava vendo filme de mocinho, enquanto a turma se embolava, mulher tinha chilique, os dois malandros se pegavam a tapa e nome feio corria solto como cavalo bravo, sem freio.

— E aí? — Doralice até abre a boca, enquanto em volta a turma ouve empolgada.

— Aí? Aí que uns mais fortes agarraram os garotos, seguraram na tranca, foi tal a gritaria que o Manel parou bem em frente de um rapa, então puseram os desordeiros pra fora...

— Virgem Maria! — Se benze a Doralice.

— O pior foi o pessoal que não pagou, saltou por cima da catraca, e uma mulher que voltou pra pagar, ainda xinguei ela.

— Voltou pra pagar e você xingou ela, olha o seu emprego.

— Então levantou um vozerio tão grande contra mim que me senti homem morto, Doralice.

— Pudera, né? Tinham toda razão.

— Isso lá é. A coitada pagou pelos outros.

— Vai comer, vai, esquece. A Zulmira deixou seu prato pronto.

— Até perdi a fome.

— Bobagem, homem, cidade grande é assim mesmo, acontece de tudo, a gente sai de casa, não sabe se volta; mas, quer saber de uma coisa, eu gosto desta cidade, eu me amarro nesse mundão de gente, nessas avenidas todas, pode até ser besteira, mas eu gosto daqui.

— Mas você vive reclamando, Doralice.

— Da boca pra fora, conversa fiada. Se me convidassem pra voltar, juro que não ia, acredita?

— Acredito, ué, cada louco com a sua mania.

Carijó, morador do cortiço, amigo do peito do Risadinha, entra, afobado:

— Gente, a Lena-Porreta...

— Que tem ela, Carijó?

— Levaram ela no camburão...

O quintal novamente se agita na solidariedade de vizinho. Querem detalhes, informações completas. Cercam o Carijó:

— Conta aí, moleque.

— Como foi isso, coitada...
— Cadê o Omar?
— Dormindo lá no quarto, pobrezinho.
— Desembucha de uma vez, menino.
— Deram uma batida onde ela faz ponto. Eu tava lá por acaso, tinha ido levar uma encomenda de um amigo.
— Eu bem sei quem são seus amigos — diz a Doralice, irritada. — E aí?
— Foi uma baixaria, gente, tascaram as mulheres todas dentro do camburão como quem joga sacos de batatas, uma gritaria, uma xingação — me pirulitei antes que me levassem junto.
— E o Rubão? — quer saber a Doralice.
— Que tem ele?
— Não levaram aquele sem-vergonha junto?
— Falando de mim, Doralice?

O Rubão aparece na porta do quarto, muito sem jeito, ouviu toda a prosa e está de teto baixo, tem muito a perder nessa confusão.

— Falou no diabo, ele aparece.

Rubão manera com a Doralice, sabe lá se vai ter dinheiro pro próximo aluguel?

— Sou tão feio assim?
— Não vai fazer nada pela pobre, não?
— Que pobre, Doralice?
— A pobre Lena que você explora malandro.

Rubão ri, o dente de ouro aparecendo do lado, nem se digna a responder pergunta tão imprópria.

— Pois vai agora mesmo.

Rubão nem aí.

— Vai tirar a pobre da cadeia, ela nem queria sair hoje, sou testemunha. Você forçou a coitada.

Rubão nada.

— Eu presenciei, tava morta de cansaço, você cobrando serviço.

Rubão mudo como peixe.

Aí a Doralice se esquenta. Ela nem morre de amores pela Lena-Porreta, que atrasa aluguel, larga o Omar solto pelo cortiço como cão sem dono; não morre de amores mesmo, acha que mulher pode bem arregaçar as mangas, ter um trabalho honesto como a Rosa-Margarida, que se mata varrendo rua, chova ou faça sol, como as outras que trabalham em fábricas, como a Nava, que ficou até torta de tanto costurar pra fora, como ela própria, tomando conta desse muquifo, a Mel dando plantão no hospital, a Zulmira olhando filho alheio, a Creuza lavando banheiro de boate a noite inteira — e daí? Quem pode saber da vida dos outros, do apuro, do sufoco dos outros? Pobre da Lena. Será que não trabalha pior, muito pior que a Rosa-Margarida, que não acha nem banheiro pras necessidades? Pior que todas elas, com um Rubão explorando, alma de cão, sem falar no resto que suporta, o resto, meu Deus?

A Doralice vê tudo vermelho, avança pro Rubão como locomotiva que não pode, não quer, nem sabe parar; avança tão ligeiro que ele mal dá fé, ainda tenta fechar a porta do quarto na cara dela, mas qual! A Doralice, filha de capoeirista afamado lá no sertão de Pernambuco, a olhar desde criança aqueles golpes todos, a Doralice cata o braço do Rubão, torce aquele braço com um ódio tão grande que nem ouve o homem gritar, agoniado:

— Tá quebrando, Doralice!

Lá na caminha, abraçada aos irmãos, que já dormem, a Sandrinha apura os ouvidos, querendo entender o que se passa lá fora. A mãe já saiu faz tempo, atrasada e nervosa, recomendando que por nada no mundo ela saia do quarto — "ouviu, Sandrinha?".

Meia-noite

Quem consegue arrancar a Doralice de cima do Rubão? Um sururu, rodopio, angu dos diabos. Carijó, muito à vontade, sai correndo, e, ao primeiro rapa que vira a esquina, devagarinho, ele dá todo o serviço:

— Tão se matando lá no cortiço da Doralice.

Quem, no bairro, não conhece a Doralice do cortiço? Polícia, feirante, dono de padaria, jornaleiro da esquina, cambista de bicho? Doralice é famosa no bairro, pelo gênio, pela tagarelice, quando se põe de prosa, esquece da vida, e tome lembranças lá do Nordeste, do tempo em que ela vivia feliz, naquela casa só dela que até varanda tinha, dois quartos, sala, cozinha, banheiro. Lá fora, mas só deles. Que loucura, gente! Vir morar no cortiço, com um quarto que é tudo, quarto-sala-cozinha, dividindo chuveiros e os freges dos banheiros, que loucura. Deixar aquela casa tão boa, cheia de luz e ar, tão clara; tá certo que a vida era dura, trabalhar de meação com o dono das terras, fazer todo trabalho duro pra ele levar a melhor. E aí? Tava melhor aqui, vivendo naquele muquifo abafado, fedorento e sem luz, cheio de gente, como bichos? Só mesmo pela cidade, essa cidade de que ela gosta apesar de tudo, pela qual ela estranhamente se apaixonou, a atração da cidade grande, dos arranha-céus, o prazer de poder dizer: "Eu moro em São Paulo".

De quebra, o marido, pedreiro de construção, ganhando por hora, vivendo de hora extra, chegando tão cansado em casa que não tem disposição nem de fazer amor. Vida de gente, isso? Será que vale a pena, mesmo pra poder dizer que mora em São Paulo? Difícil saber.

Doralice derrama suas lembranças, suas dúvidas, suas súbitas ternuras pelo jornaleiro da esquina, pelo padeiro, pelo Nanico, cambista de bicho lá na porta do bilhar, pelo vendedor de peixe na feira, que às vezes não entende o que ela diz, tudo de um jato só. O outro ri, ela se conforma com aquela solidariedade, ainda que muda.

O rapa chia os pneus na frente do cortiço, os meganhas afundam quintal adentro. "Polícia!"

O ajuntamento no quintal racha, se espalha, permeia. Os gambés chegam e agarram a Doralice e o Rubão, que grita:

— Eu sou a vítima!

Tudo pra delegacia. Lá, logo depois, o dr. Valadão, velho conhecido, comenta:

— De novo, Doralice?

— De novo, doutor — confirma ela. — Mas feliz da vida.

— De ser presa, mulher?

— De torcer o braço desse rufião desgraçado.

O Rubão se encolhe, se faz de coitado:

— Mentira, doutor, eu sou um trabalhador honesto.

O meganha pisca um olho pro dr. Valadão:

— Tava atracado aí com a dona, quase quebrou o braço dela.

— Mentira — repete o Rubão. — Quem quase quebrou meu braço foi ela.

— Foi ele — continua o meganha —, agrediu a mulher, doutor, a gente trouxe os dois...

— Leve ele pra dormir no quente — decide o delegado enquanto o Rubão esperneia, sendo levado:

— Eu sou a vítima, a vítima!

Rubão saído de cena, o delegado explode:

— Devia mandar você também pro xadrez, Doralice, tô prevenindo. Sempre arrumando encrenca.

A Doralice ri, satisfeita com o desfecho:

— Gostei de ver, doutor, mostrou praquele vagabundo quem manda aqui...

— Volte pra casa, não se meta em encrenca de novo.

O Valadão simpatiza com a Doralice. É mulher de fibra, valente, sem medo de nada. Andou por ali, detida algumas vezes, coisa à toa, briga no cortiço. Até que virou conhecida na delegacia, nem prende mais, pra quê? Não é perigosa, só gênio quente, estourado, e manda muito malandro pra eles, faz uma triagem à moda dela lá no muquifo. Como fez com o Rubão, que vai em cana por agressão mesmo, ele que chie vendo sol nascer quadrado.

— Devolva a dona no cortiço — manda o Valadão pros meganhas, que, acostumados, saem pra levar a Doralice.

Ao chegar dão com a Rosa-Margarida, o Dantas e a Nava, que voltam da visita à irmã Ângela. Têm ar cansado, de derrota.

A Doralice pergunta ansiosa:

— Então, gente?

— Só amanhã cedo, eu tinha dito, a Rosa se precipitou — esclarece o Dantas.

— Amanhã cedo — resmunga a Rosa. — Essa irmã Ângela...

— O que ela pode fazer de madrugada, todo mundo dormindo? — consola a Nava. — Ela prometeu, vai falar até com o bispo.

— Será? — Os olhos cansados da Rosa boiam num mar de lágrimas, sem esperança. — Será?

— Claro que vai — insiste o Dantas. — Irmã Ângela é boa pessoa, sempre se interessou pelo garoto, ela tira ele de lá, se Deus quiser.

— Você mesmo disse...

— Difícil é, lógico, mas não impossível... Se ao menos aquele malandro colaborasse...

— Tanto emprego que eu arranjei pra ele — soluça Rosa.

— Onde ele nunca foi, né? — completa a Doralice. — Procurou sarna pra se coçar, essa é a verdade.

— Que você entende disso, mulher? — revida a Rosa, o sangue falando mais forte. — Ser pai e mãe ao mesmo tempo, ainda com filho homem, é dose, é dose.

— Tudo se ajeita, mana.

O Dantas arrasta a Rosa pra dentro do cortiço, precisa descansar um pouco, varrendo rua o dia inteiro e passando a noite à cata do filho.

Um dos meganhas fica curioso:

— Ó Doralice, não é do tal Risadinha que foi levado pra Febem que eles tavam falando?

— Ué, como você sabe disso?

— Tavam de olho nele faz tempo, só esperaram a oportunidade, o garoto é da pesada, Doralice, tem até fama aqui no Bixiga.

Sonolenta, mas lutando contra o sono, a Sandrinha ouve o burburinho lá fora, adivinha que voltam sem o Risadinha. Afunda o rosto no travesseiro e começa a chorar baixinho pra não acordar os irmãos, pena, saudade do amigo que talvez não tenha mais — enquanto lembra o doce no canto do pátio, instante de ternura na tarde vazia.

Uma hora

Doralice ainda não dormiu, esperando a Mieko e a Zulmira voltarem do Hospital das Clínicas com a Valdirene. Deitou vestida mesmo, ouve o marido ressonar ao seu lado, chegou há pouco cheirando a bebida, o sem-vergonha, o serão dele foi na farra mesmo. Nem quis conversa, caiu na cama como veio e agora dorme largado, enquanto a Doralice pensa na vida.

Que vida, meu Deus? Tomando conta daquele muquifo, dia após dia, em meio a todos os problemas, que vida é essa? Tá certo que o quarto é o melhorzinho da casa, bem ao lado do abençoado tanque; tá certo que recebe sempre uns agrados das vizinhas pra facilitar as coisas pra elas, um doce, um bolo, um enfeite; além disso, o marido tem emprego fixo, em vista dos outros até que não está mal; mas e ela, Doralice? Vai passar a vida assim, criar os filhos no cortiço? Mas mudar pra onde, meu Deus? Com a vida pela hora da morte, os aluguéis tão altos que ela até perdeu a fala outro dia quando perguntou o de uma casinha jeitosa ali mesmo no Bixiga, um bairro tão bom, tudo à mão — nem se despediu de vergonha, de susto, de desaponto.

Morar em favela? Longe, caro e mal? Nem pensar. Que hora o Benedito ia precisar levantar, que hora ia fazer a marmita dele? O marido se mexe na cama, fala qualquer coisa, tá rindo, o malandro, deixa ele acordar amanhã, que ela respeita os filhos dormindo, deixa esse dia acabar, que foi um dia e tanto — ele que espere pra ver! Hora extra em casa de patrão, hora extra é nalgum botequim cheio de vigarista, de vagabunda de permeio... até passou gel no cabelo, o malandro safado.

Ouvindo um barulho no portão, Doralice pula da cama, abre a porta com cuidado. Virgem, pode até ser ladrão! Se aquieta vendo a Mieko e a Zulmira, que ajudam a Valdirene a subir os degraus, fraca ainda da anestesia, tão pálida que causa pena.

— Dá uma mão aqui — pede a Zulmira num sussurro pra não acordar os outros, fazer mais algazarra.

Doralice ajuda as duas a trazerem a Valdirene, e a Zulmira diz:

— Melhor não acordar o pessoal dela, tanta gente naquele quartinho...

— Fica onde então?

— Comigo, o Juca tá no trabalho ainda...

— Engano seu, mulher, é uma da matina, esqueceu? E o Juca teve um enrosco danado lá no ônibus, briga feia, tá esperando lá no quarto até de luz acesa.

— Xi, lá vem encrenca — fala a Zulmira.

— Deixa, gente, eu vou pro meu quarto mesmo — diz a Valdirene, tão fraca que mal se aguenta nas pernas —, senão é capaz de dar rolo maior ainda...

Batem de leve no quarto da Valdirene, a Sara abre:

— Ainda bem que chegaram, eu tava numa agonia, gente.

— Tudo bem aí, Sara? — pergunta a Doralice. — A gente não queria incomodar mas os quartos estão todos lotados...

— Ué, e a casa dela não é aqui? — A mãe ampara a filha, leva a Valdirene pro beliche dela, depois volta:

— Ela tá boa mesmo, moça? — pergunta pra Mieko.

— Por enquanto, está. Olhe este remédio, ela precisa tomar de quatro em quatro horas; não esqueça, que é muito importante. A Valdirene tem de ficar em repouso, de comida leve, e não faça pergunta, que ela está fraca, ouviu? Qualquer coisa, eu moro aí mesmo ao lado, pode me chamar a qualquer hora.

— Deus lhe pague, moça — agradece a Sara, tentando beijar as mãos de Mieko.

— Que é isso? — impede a outra. — Amanhã eu volto pra ver a Valdirene. Boa noite, gente, e obrigada pela ajuda.

— Bom dia, né? — se despede a Zulmira, preparando-se pra enfrentar a fera, lá no próprio quarto.

O Juca não dormiu ainda, tá uma braveza pra ninguém pôr defeito. É só colocar os olhos em cima da Zulmira pra despejar todo o fel:

— Isso é hora de chegar em casa, mulher?

— Ué, a Doralice não deu o recado?

— Deu, sim, mas eu pensei que você fosse e voltasse num pulo, mulher; a moça não tem família? Você tem de largar a casa, o marido? Voltei precisando de você e achei o quê, recado!

A Zulmira nem responde mais, deixa o Juca falar à vontade. Quando ele cisma, é sempre assim, destemperado, fala que parece matraca, depois se aquieta e vai dormir.

Desta vez até parece que o Juca-encosto está com o diabo no corpo, não para mais de falar, às vezes grita, um destempero. Até que alguém berra, de algum lugar:

— Cala a boca, condenado. Pensa que mora sozinho nesta joça? Que não tem mais ninguém pra dormir? Se não fechar essa matraca, vou aí de peixeira...

O Juca se cala na hora, cobre até a cara com o cobertor. A Zulmira se benze de alívio. Abençoado vizinho. Espera o marido pegar no sono pra deitar na cama, os pensamentos girando na cabeça, o sentido na pobre da Valdirene.

A Mieko explicou que os tais comprimidos que a garota tomou são muito perigosos, causam contrações uterinas; estas, por sua vez, podem levar ao aborto, mas com efeitos colaterais terríveis, como, no caso, uma grande hemorragia. O médico precisou fazer uma curetagem, se não acudisse logo, meu Deus... a Valdirene podia até ter morrido como, aliás, tantas antes dela. Era caso de internação, mas como a Mieko se responsabilizou por ela, pelos remédios na hora certa, por qualquer providência necessária, o médico deu alta, deixou a Valdirene voltar pra casa. Mas ela ainda pode ter febre, alguma complicação.

A Zulmira não se conforma. Deixarem um remédio desses, que é proibido de se vender em farmácias sem receita médica, ser comprado assim, sem mais nem menos em camelôs? Como é que pode? Ela, quando consegue dormir, tem até pesadelo com tudo isso...

Os sonhos da Sandrinha, porém, são lindos, ela se vê novamente perfeita, depois das operações que um médico famoso se ofereceu pra fazer sem cobrar nada. Agora, de rosto novo, é cercada pelas crianças do cortiço, todas suas amigas, o Omar, de quebra, convidando:

— Brinca comigo de pai e mãe, Sandrinha? Sua boneca fica sendo a nossa filha.

E até a boneca está outra, de cara limpa e vestido novo, enfeitado de rendas e fitas. E a irmã Ângela invade o sonho de repente, sorrindo enquanto abre a imensa bolsa:

— Olhe o que eu trouxe hoje pra você, menina bonita!

Duas horas

Nem bem a Doralice pega no sono, depois de um dia infernal daqueles, uma batidinha de leve, quase a medo, a desperta.

— É hoje! — A Doralice levanta de mau-humor pra atender à porta. Dá de cara com a Marinete, moradora há tempos do cortiço, mulher de pouca fofoca.

— Que aconteceu, Marinete?

— É Severino — diz a outra. — Até agora não voltou da praça da Sé. Tô num sufoco que só vendo...

— Não voltou? — Doralice coça a cabeça, desanimada. — Eta dia atormentado, que falta acontecer ainda?

— Andam dando umas batidas por lá, tenho certeza que prenderam Severino...

— Ele nunca demora assim?

— Severino? Às dez está sempre em casa, fica por lá até acabar o movimento maior do metrô, é a hora que mais vende. São duas da madrugada, Doralice.

— Se acalma, Marinete; se estiver preso, a gente não pode fazer nada mesmo; amanhã cedinho, quer dizer, daqui a pouco, a gente toma providência.

— Tô numa agonia...

— Toma um chá, esfria a cabeça.

A Marinete se afasta, cabeça baixa. Dentro do quarto, o Benedito se mexe na cama, acorda de vez, estranha ver a mulher em pé; com a voz ainda pastosa da bebida, pergunta:

— Virou sonâmbula, Doralice?

— Coitada da Marinete. Acha que levaram o Severino em cana.

— Levaram, sim, eu vi — resmunga o marido, virando pro lado.

A Doralice não deixa por menos. Sacode o outro, o resto da bebida dentro dele, dá uns safanões caprichados até que ele acorda de uma vez:

— Conta direitinho essa história, você viu o rapa levando o Severino lá na casa do seu patrão enquanto fazia hora extra, seu safado?

A situação é tão cômica que o Benedito senta pra rir. Ri tanto que quase acorda os filhos. A Doralice não desiste.

— Lobo velho perde o pelo mas não perde o costume, né? Tava nos botequins da vida jogando bilhar, bebendo cachaça, se engraçando com alguma dona...

— Bebendo, jogando, não nego, minha nega; mulher, não, pra quê? Não tenho você, a flor deste cortiço?

— Olha que encho sua cara de mais tapa, malandro.

— Não faça isso. — Benedito enlaça a Doralice, que não quer conversa fiada.

— Me explica direitinho aí o que você viu.

— Tá legal...

O Benedito se espreguiça, pede um café, que a Doralice se apressa a esquentar no bico de gás. Ela gosta do Severino, bom sujeito-marido-pai, que de errado só tem a bendita profissão de camelô, sempre correndo da polícia, que acha vadiagem, contravenção, e se esquece que a causa é o desemprego.

Benedito toma o café com gosto, se espreguiça de novo, tá de bom humor. Noitada boa, pensa a Doralice.

— Foi assim, nega — começa ele —, eu tava jogando bilhar, que você sabe eu adoro, lá num boteco da praça da Sé, quando foi aquela correria de polícia carregando camelô e muamba, uma confusão sem tamanho. Daí lembrei que Severino faz ponto ali e fui espiar. Cheguei na hora em que o homem resistia à prisão, gritava que era um cidadão honesto, com mulher e filhos, que fossem prender os bandidos, não ele...

— Coitado, e aí Benedito?

— Aí, nega, carregaram ele mais a muamba, tacaram tudo no camburão, saíram feito foguete, me deu uma pena...

— Ai, meu Deus, a Marinete morre quando souber.

— Foi prisão em flagrante, olha o que eu digo, coisa braba, Doralice. Não sai fácil.

— Eh, vida de cão — suspira a Doralice, aporrinhada.

— Agora que eu já contei tudo, que tal um pouquinho de agrado, hein?

O Benedito torna a enlaçar a Doralice, que se esquiva — qual, o outro é insistente, e ela gosta daquele malandro sem-vergonha, ah, como gosta. Aos poucos retribui o abraço, se entrega na quietude da madrugada, tudo em silêncio lá fora, abençoado silêncio, quebrado às vezes pelo gemido da Abrica, velha e cheia de dores.

Agora, aquietado das lutas do dia, dos tumultos da noite, do parto da Josefa, da doença da Valdirene, da morte do Zé, cansado como um grande lutador, o cortiço finalmente dorme.

Dorme o dr. Percival, lá no seu poleiro, a cabeça escondida entre as penas. Dormem as famílias amontoadas nos quartos, crianças com chupeta na boca, casais abraçados ou simplesmente juntos por falta de espaço. Dorme a dona Zu, sonhando com o marido no tempo em que era vivo e saudável. Dorme a Nava, sonhando com as costuras dela. Dorme a Zulmira, sonhando com fraldas e mamadeiras, das crianças alheias. Dorme a Josefa com a filha nos braços, tenra como planta nova. Dorme o Melquior, sonhando com uma frota só dele. Dorme o Juca-encosto, sonhando que é motorista de ônibus, não o cobrador. Dorme o Joel agitado, sonhando com o assalto. Dorme a Valdirene meio febril, sonhando que já é artista de novela... E dorme feliz, ah, tão feliz, a Sandrinha, de rosto novo e alma nova, brincando de ciranda, cirandinha no pátio do cortiço, a Creuza fazendo o almoço toda sorridente, comentando com a vizinha do quarto:

"Existe milagre, sim, santa, olha lá a minha filha, quer prova melhor que isso?"

No fundo do quintal perpassa um vulto — entrou de soslaio, feito ladrão, pulando muro. Chegou tarde de propósito pra não encontrar ninguém, principalmente a Doralice. Sem querer, tropeça na Abrica, que dorme atrás do tanque, diz um palavrão, enquanto a cadela geme dolorida.

O vulto vai para um dos quartos, põe a chave na fechadura, entra furtivo, olhando para os lados. Dr. Percival tira a cabeça das penas, lá no poleiro, ouvido fino, única testemunha da volta do Santo ao cortiço.

Três horas

O Santo rola na cama agoniado, sem sono. Livrou-se dessa vez, deixando a muamba com o Nanico, fez a polícia pensar que o outro é seu comparsa — e daí? Os homens estão atrás dele, não só os da polícia, os outros também, ah, esses são muito piores, com eles não se brinca. Tava indo tão bem na porta das escolas, começou se insinuando, fazendo amizade com a garotada, dando um pouco de graça, no início, só pra forçar a barra, logo a turma ficou ligada, quis repetir, e chegou a hora de vender caro e à vista.

De repente a batida da polícia, certeira no seu encalço, alguém deu com a língua nos dentes, só pode ser. Quem? Só se foi aquele desgraçado do Espoleta, que fazia ponto ali antes dele, ele tomou o lugar, trouxe droga mais pura, sem falar na lábia costumeira, no jeito macio de se enturmar, só pode ter sido o Espoleta.

Agora a droga toda está com a polícia, o Nanico jogado lá no xadrez, sem saber de nada, ainda bem. O bicheiro amigo dele dá um jeito logo mais. Mas e ele, Santo? O que vai dizer pros homens? Que o Espoleta dedou ele? Que teve de deixar toda a droga com o Nanico? E os homens lá não são de conversa fiada, por não ter vendido, ficou devendo, o prejuízo é grande — e agora, e agora? Será que eles acreditam que foi dedurado, será?

O jeito é sumir, pra onde? Vai até a rodoviária, toma o primeiro ônibus pro Norte, volta pra terra natal, onde a barra é mais leve, apesar de tudo.

Voltar não pode nunca mais, é uma pena; já levantava uma grana boa, lucro fácil sem grande trabalho, quer dizer, sem falar no risco. Tudo tem seu risco na vida. Mas tem outro problema, esqueceu, Santo? Esqueceu que você também é dependente da droga, meu chapa? Que parte do pagamento recebe em espécie mesmo pras suas próprias necessidades, seu ávido consumo?

Se pegar o primeiro ônibus pro Norte, como é que fica? No meio da viagem o desespero, a dor, aquela angústia desgraçada — parece que parte ao meio se não tiver a dose na hora certa, o cérebro avisa.

Tira a camisa de mangas sempre compridas, olha os braços picados, cheios de crostas de feridas secas, outras semiabertas, de anos de vício. Nem pode andar na rua de camisa de manga curta, os braços o entregariam na hora. Não só os braços, os pés, onde haja um lugar pra picada, início rápido de longa viagem, cheia de visões e maravilhas, todas enganosas, ilusórias, antecâmara do inferno. Procura ávido a seringa, vasculha desesperado todo o quarto, nem um grama pra remédio. Daria tudo neste instante por isso, daria uma parte da vida.

Como entrara nessa, como? Viera tão inocente, tão saudável do Norte, ansioso de melhorar de vida, ganhar um dinheiro extra, voltar de carteira cheia, ajudar a família. Tudo difícil, tudo ruim. Até que conheceu o Espoleta, malandro velho, o Espoleta, tão simpático e falante, jogando bilhar, pagando tira-gosto, "fogo-paulista".

Tudo bem até que se queixou da vida e o outro convidou:

— Se for cabra-macho, tenho servicinho leve mas que exige coragem, dá uma grana firme...

Se interessou na hora. Só estranhou o pacotinho fechado, o Espoleta avisou:

— Tem uma coisa, Santo, é pegar ou largar e bico calado. Bico calado, ouviu bem?

Foi até o endereço marcado, uma baita mansão lá pelos Jardins, recebeu a grana, entregou pro Espoleta, faturou o seu. Bico calado. Até que um dia a curiosidade venceu, abriu o pacotinho a caminho da entrega, descobriu tudo, que também não era criança de peito, exigiu mais grana — então o Espoleta fez o maldito convite:

— Experimenta, companheiro. Garanto que se amarra, daí a gente paga parte em espécie, bom negócio.

Experimentou, gostou, tornou-se dependente. Nunca mais largou. Nem podia. Se ficasse sem a droga quase morria, um sofrimento louco, nem pode descrever, não tem forma de contar certo tipo de loucura. Injetava cada vez mais, por isso precisava cada vez mais de grana. Se apossou do ponto do Espoleta, vendedor de doces numa zona de colégio...

O Espoleta não disse nada, recuou, mudou de ponto, o ódio no fundo dos olhos. Tinha começado pelas mãos dele, não tinha? Um pé de chinelo, um pau de arara, esperasse pra ver. Deixa pra lá. O Santo dera de ombros, criando nome entre os homens, cara frio, bom de papo, amarrado na coisa pra valer.

Agora o escorregão. Marcado pra sempre. Os homens não vão mais querer negócio com ele, cadê dinheiro pra comprar a droga, o crédito perdido na certa, sabe-se lá o que o Espoleta pode ter inventado dele? Como é que fica? Se foge sem a droga, morre por falta dela, como um cão sem dono estirado na rua, cuspindo o fogo dos infernos. A não ser que faça um tratamento, até já pensou nisso, mas precisa uma força de vontade que ele sabe que não tem, já ouviu contar dos sofrimentos dos caras. Claro que se ele enfrentasse a coisa, nada é impossível, muita gente já saiu dessa, com garra.

Se fica, vai cair na certa nas garras da polícia, vão lhe dar um arrocho que ele conta até que o fornecedor é a mãe dele; e por que iriam tratá-lo a pão de ló? A não ser... que os homens lá em cima torçam os pauzinhos, se eles quisessem, gente poderosa, cheia de grana, se quisessem... mas ele, Santo, sabe de muita coisa, se insinuou demais, conhece o mapa da mina. Até que uma queima de arquivo ia bem pros homens, que falta faz um cara como ele? Pra cada Santo da vida, os homens têm cem, trabalhando como escravos.

O Santo se encolhe na cama, transido de frio e medo. Não pode escapar e não pode ficar. Tem a boca seca, a falta já se faz sentir, pelo corpo trêmulo, molhado de suor, nem um grama pra remédio, logo mais ficará pior. Só se for se arrastando lá nos homens, pedir pelo amor de Deus que voltem a confiar nele, que promete tudo, promete até a vida... mas tem pavor de abrir a porta do quarto, alguém pode estar esperando no escuro, pra lhe meter uma bala certeira na testa, um presunto a mais nas crônicas policiais, enterrado como indigente, ou cobaia de estudante de medicina, fedendo a formol, empilhado em sala de anatomia.

Logo não aguenta mais, sem querer deixa escapar um uivo, grito feroz de desespero e agonia que sai pelas frestas do quarto, abala o cortiço e desperta a Sandrinha daquele sonho mágico de cantiga de roda, rosto lindo, boneca nova e um milhão de amigos...

Quatro horas

O Ivanilson não consegue dormir, responsabilidade demais, criança recém-nascida, somando sete, muito para um homem sem emprego como ele, uma desgraceira de vida.

O Ivanilson abre a porta, sai para o quintal, lá encontra seu Dantas, notívago habitual, que padece de insônia há anos. Quando se cansa de rolar na cama, vai pensar na vida.

— Tudo bem, Ivanilson?

— Tudo mal, seu Dantas.

— Que tristeza é essa, homem de Deus? Teve uma filha ainda pouco... tem nome?

— Nem pensei nisso, seu Dantas. Vivendo de bico como vivo, mais um filho pra alimentar é um sufoco.

— Tudo se arranja, meu filho, tenha paciência, ainda não achou os documentos?

— Nem cheiro deles. E o pior é que não tenho dinheiro para os novos.
— De quanto é que você precisa?
O Ivanilson até sabe de cor o quanto ele precisa. Diz a quantia, conformado.
Dantas então oferece:
— Aceita um empréstimo, meu filho? Eu lhe arranjo o dinheiro para os documentos e você me paga assim que arranjar emprego...
— Não posso aceitar, seu Dantas.
— Como é que não pode? Eu sou sozinho, com aposentadoria, me viro bem. Você com sete filhos, homem, aceita, é de coração, orgulho não enche barriga de ninguém.
— Se acha que devo. Em troca me faz outro favor?
— Diga, homem.
— Aceita ser padrinho da menina?
— Só porque lhe empresto o dinheiro, que é isso?
— Não, senhor — corrige o outro. — Foi escolha antiga minha e da Josefa, a gente tava só esperando a criança nascer pra lhe convidar, a madrinha vai ser a dona Zu.
— Pois aceito com todo o prazer. Tenho uma carrada de afilhado homem, mas, afilhada mulher, a Jacira vai ser a primeira.
— Jacira?
— Ora — diz o Dantas —, não posso escolher o nome da minha afilhada? Jacira era o nome da minha mãe...
— Bonito — concorda o Ivanilson. — Deus queira que a menina tenha boa sorte na vida.
O Dantas apoia:
— Boa sorte, sim, Ivanilson, ela vai ser muito feliz. Principalmente se eu ganhar essa causa, ela vai ter de tudo na vida, prometo.
O Ivanilson concorda só de cortesia. Quem acredita no cortiço que seu Dantas algum dia ganhe a bendita causa? Vinte,

trinta anos tentando, sei lá quantos. Que juiz vai ser louco de despejar uma cidade inteira, causar um tumulto daqueles, só por causa da teimosia de um sonhador como Dantas?

Ele nem escolhera o outro pra padrinho da filha por causa de nenhuma herança, não. Escolhera porque é homem direito, bom de coração, amigo dos vizinhos. Se vier o dinheiro, melhor. Se não vier, tanto faz. Será que a vida de uma pessoa tem de ser medida só pelo dinheiro, pô? E o resto? A camaradagem, a alegria, o jeito de ser, então não vale nada? Não que dinheiro não faça falta — ah, só se ele fosse muito burro pra dizer que não. Pois se não tirara até agora os malditos documentos por falta de dinheiro? Dinheiro é bom pra isso, resolver os problemas do cara, alimentar a família, comprar remédio, isso ele diz e repete pra quem quiser ouvir. Mas viver só pra ganhar dinheiro, pensar só em dinheiro, trair, matar por dinheiro, como ele conhece tantos, Deus o livre e guarde. Prefere morrer pobre e com a boca cheia de formigas. Amigo bom o Dantas. Tirando os documentos de novo, ele pega um serviço decente, garante o salário, deixa a Josefa em casa só cuidando das crianças.

No céu do cortiço risca de repente uma luz vermelho-alaranjada, uma coisa nova e bonita. O Dantas aponta:

— Olha lá uma estrela nova, faz um pedido, Ivanilson!

Ivanilson olha a estrela nova, riscando o céu do cortiço, só de passagem, indo pro fim do mundo...

— O mundo tem fim, seu Dantas?

O Dantas confirma:

— Tem, sim, Ivanilson, parece que eles descobriram que o mundo tem fim, sim...

— Eles quem, seu Dantas?

— Os que estudam os astros, os astrônomos. E o pedido?

— Não carece, meu pedido é tão sabido de tudo que é estrela velha ou nova. Pede o senhor, seu Dantas.

O Dantas olha para o céu, ainda se vê um resto de luz vermelho-alaranjada, o rastro da estrela nova, que passou depressa, num átimo de luz, como sinal dos novos tempos. Como se fosse uma estrela-guia, guiando os passos da Jacira, de todos eles, a colmeia humana que se agita entre as paredes do cortiço, cada qual com seu sonho, sua ilusão de vida.

Dantas sorri, uma paz dentro dele, um sossego. No quarto, a Jacira começa a chorar, choro aflito de recém-nascida, meio fome, meio afirmação.

A Abrica se achega arrastando os quartos. O Dantas faz um agrado na cabeça do bicho, que deita aos pés dele, confiante.

— Pede logo, seu Dantas! — anima o Ivanilson, olhando para o céu onde a luz vermelho-alaranjada se dilui entre nuvens, deixando fiapos, espumas de luz...

Dantas levanta a cabeça, aspira com força o ar cálido, sente a força do momento. No bojo da noite, boia — implacável — a certidão vintenária.

Pelas frestas da janela, lá no seu quartinho abafado, Sandrinha ouviu toda a conversa, adivinha com os olhos da mente a estrela que passa pelo céu do cortiço, esperança maior no mistério agridoce da vida. Fecha as mãos com força, faz seu pedido criança, milagre, ternura, sonhando — quem dera — um sonho possível!

A Autora

Arquivo pessoal

Quando se é criança, geralmente alguém pergunta: "O que você vai ser quando crescer?". Muitas crianças ficam indecisas; outras já têm certeza. Eu me incluía na segunda categoria. Quando, aos 9 anos, meu pai me interrogou a respeito, fui taxativa: "Vou ser escritora!". Ele, que sempre dizia: "Filha minha vai ter profissão, não vai depender de marido", pareceu satisfeito e recomendou: "Então, você precisa ler muito...".

Foi o que eu fiz. Felizmente, o que não faltava era livro — a casa parecia uma ilha cercada de livros por todos os lados. Até hoje sou assim: leitora voraz, "rato de biblioteca". Mas não fico apenas nos livros: leio jornais, revistas, inclusive históricas e científicas, e até bula de remédio; algumas delas, ao registrar os efeitos colaterais dos respectivos remédios, ganham, na minha opinião, de qualquer filme de terror!

Mas não basta ler muito para ser um escritor. Primeiro, ele tem de nascer escritor, caso contrário não há leitura que dê jeito; segundo, deve ser um *olhador*, quer dizer, apaixonado por gente, observando sempre o ser humano e suas reações, para desenvolver dessa forma uma percepção muito fina dos sentimentos alheios. E, terceiro, mas não de menor importância, precisa ter aquela garra própria dos artistas-criadores que vivem praticamente em função de sua arte, não medem esforços para realizá-la. Costumo brincar que a arte é uma amante fiel, mas exigente: não se atreva a traí-la que ela o abandona sem remédio.

Então, é isso aí. Quem se habilita a ser um artista-criador? (Desde que tenha nascido com talento, claro!) Escritor, compositor, pintor ou escultor? Eu adoraria ter, entre meus queridos leitores, alguns colegas. A vida não será fácil, já previno; mas o prazer de criar... ah!, esse eu garanto: não há nada que chegue nem perto!

Entrevista

A respeito do papel do escritor, em uma de suas entrevistas, Giselda Laporta Nicolelis comentou: "O verdadeiro escritor tem que sentir sua relevância e escrever abrangendo o universo da maioria de onde ele vive. Você tem que ser um espelho, uma esponja, que absorve toda a problemática social. O livro sempre teve, e sempre terá, esse fundo político e social".
(Fonte: Editora Moderna)

Após a leitura de *Sonhar é possível?*, que retrata de forma sensível e comovente um dia no cotidiano de um cortiço do Bixiga, entendemos com exatidão o sentido de suas palavras. Que tal ler esta entrevista com a autora sobre os assuntos abordados em seu livro?

Nesta obra você relata as mazelas de um cortiço do Bixiga, bairro da região central da cidade de São Paulo. O que a estimulou a tratar desse assunto?

- O jornalista e escritor norte-americano, Tom Wolfe, autor de *A fogueira das vaidades* (livro que virou filme, com Tom Hanks no papel principal), ao lançar seu mais recente livro na Bienal do Livro do Rio de Janeiro de 2005, afirmou em entrevista que: "Os escritores devem estar sempre de olho no tempo presente, sair em massa às ruas, conversar com as pessoas, fazer um trabalho de campo, para aprender por conta própria as coisas que estarão nos jornais no dia seguinte [...] o exemplo melhor de literatura é a obra de Émile Zola, escritor francês naturalista". Lendo essa declaração, eu disse para mim mesma: "Caramba, eu já faço isso há pelo menos 25 anos!". E como foi difícil fazer! Teve gente que dizia: "Não escreva sobre racismo, ainda não é hora...". Eu replicava: "E quando vai ser a hora? Quando não existir mais racismo?". E vinha a tréplica: "Que racismo? No Brasil, não tem disso, não (*sic*)". Foi uma luta danada para emplacar temas como esse, mas consegui. Teve gente também que me chamou de libertária — entendi não como crítica, mas como elogio. A arte é para libertar mesmo, fazer pensar, desenvolver um pensamento crítico, formar cidadãos conscientes, criar cidadania. Então o tema *cortiço* deve ser entendido dentro desse contexto: a literatura com uma função social importante que é a de dar *voz* e *vez* aos oprimidos e calados — todo escritor que se preza fez (faz) isso, não apenas Zola. É só ler a obra de, por exemplo, Eça de Queirós (Portugal); Balzac e Flaubert (França); Tchekhov e Dostoievski (Rússia); Machado de Assis e Lima Barreto (Brasil); Gabriel García Márquez (Colômbia); Vargas Llosa (Peru); e Juan Rulfo (México), autor que se consagrou com dois livros: *Pedro Páramo* (romance) e *Chão em chamas* (contos). Li duas vezes seguidas o romance, de 127 páginas, para absorver a técnica quase cinematográfica, de idas e vindas. Ninguém permanece igual depois de ler tal obra-prima, capaz de nos comover profundamente. É essa justamente a função das personagens de um livro: fazer o leitor rir e chorar e, principalmente, refletir, pensar!

SONHAR É POSSÍVEL? FOI EDITADO PELA PRIMEIRA VEZ EM 1984 E DESDE ENTÃO VEM RECEBENDO NOVAS EDIÇÕES, PROVANDO QUE OS ASSUNTOS TRATADOS NA OBRA — MISÉRIA, DESEMPREGO E SUBEMPREGO, VIOLÊNCIA, DROGAS, PRECONCEITO, ENTRE OUTROS — CONTINUAM A FAZER PARTE DA REALIDADE NACIONAL. NA SUA OPINIÃO, POR QUE ISSO ACONTECE?

• Este livro foi escrito com o coração à mostra, permeado de extrema compaixão pelas personagens — céus!, eram tantas, que precisei fazer uma lista e colocá-la ao lado da máquina de escrever, para que elas entrassem em cena no momento certo. Eu dizia: "Agora é a sua vez, tome a palavra, dê seu recado!". Infelizmente, no Brasil, as coisas mudam muito devagar, quando mudam... Os problemas continuam sempre os mesmos — miséria, desemprego, subemprego, violência, drogas, preconceito —, talvez abrandados em certos aspectos, mas ainda não resolvidos, por causa de uma das mais injustas distribuições de renda do mundo, se compararmos o Brasil a outros países; enquanto, por aqui, os ricos ficam cada vez mais ricos e poderosos, a população empobrece. É preciso dar emprego principalmente aos jovens que se formam no ensino médio e ficam à deriva, sem ter o que fazer; sem perspectiva de futuro, são muitas vezes aliciados para a marginalidade, caminho que costuma não ter volta. No Brasil, um escritor sensível nem precisa inventar nada, é só olhar ao redor, sair às ruas, entrevistar as pessoas, como bem disse Tom Wolfe e eu já descobrira faz tempo. O fato de ser formada em Jornalismo e ter facilidade para entender o sofrimento alheio muito me ajudou. Converso com todo mundo, das mais variadas profissões e condições sociais. Recolho histórias fabulosas nesse contato. Sei que este livro é obra estudada até na Universidade de São Paulo (USP), na cadeira de Literatura Infantil e Juvenil. Tenho um carinho especial por ele, é um filho que deu trabalho para nascer e por isso é muito querido.

EM SEU LIVRO, A PERSONAGEM VALDIRENE SOFRE UM ESTUPRO, ENGRAVIDA E, NÃO TENDO CORAGEM DE DENUNCIAR O AGRESSOR E TAMBÉM NÃO ACREDITANDO NA JUSTIÇA, RECORRE AO "MERCADO CLANDESTINO" PARA ADQUIRIR PÍLULAS QUE PROVOCAM ABORTO. FICÇÃO À PARTE, A LEGISLAÇÃO BRASILEIRA AFIRMA QUE O ABORTO PROVOCADO É ILEGAL, EXCETO EM CASOS DE ESTUPRO OU QUANDO REPRESENTA PERIGO DE VIDA PARA A MÃE. MAS A REALIDADE É QUE EXISTE UM MERCADO CLANDESTINO DAS "FAMOSAS" PÍLULAS E TAMBÉM CLÍNICAS QUE AGEM ILICITAMENTE, REALIZANDO DEZENAS DE ABORTOS TODOS OS DIAS. COMO VOCÊ ANALISA ESSA QUESTÃO?

• A lei brasileira que permite o aborto apenas em caso de *gravidez resultante de estupro* e *risco de vida materno* é de 1940, quando ainda não existiam recursos técnicos, como o ultrassom, exame rotineiramente feito pelas gestantes nos dias de hoje. Com esse exame, pode-se constatar a anencefalia ou ausência de cérebro no bebê. Isso significa, sem sombra de dúvida, que ele não tem a menor condição de sobrevivência: morrerá minutos após o parto. Então, juízes mais sensíveis ao sofrimento materno – pois uma gravidez com esse diagnóstico não se transforma numa alegria antecipada, mas numa antecipação de luto, além de um parto nessas circunstâncias trazer um risco grande para a gestante – concedem autorização para que a mulher possa abortar o feto anencefálico. Essa autorização, evidentemente, deve ser dada o mais rápido possível, para que o sofrimento e o risco materno não se intensifiquem. Tal consentimento, contudo, ainda não é lei no país. Há uma decisão do Supremo Tribunal Federal que permite aos juízes conceder essa autorização, o que, por sua vez, possibilita aos hospitais fazer o aborto. Porém, o procurador geral da Justiça recorreu da decisão. Supõe-se que, sendo a opinião de especialistas definitiva – não existe possibilidade de vida sem cérebro – e por uma questão até de humanidade, a decisão do Supremo Tribunal Federal seja mantida, ampliando então para três as condições para abortos legais no país. Segundo a Organização Mundial da Saúde (OMS), no Brasil há cerca de 1 400 000 abortos por ano, quer espontâneos, quer provocados. O número deve ser ainda maior, porque existe subnotificação: muitos casos não chegam a ser computados. Quando uma mulher é vítima de estupro, ela deve registrar um boletim de ocorrência (BO) numa delegacia e passar por exames que comprovem o crime para ter acesso ao aborto previsto por lei. Acontece que muitas vezes a mulher, como a personagem Valdirene, é desinformada e/ou tem receio de ser maltratada na delegacia – um delegado menos sensível poderia, por exemplo, perguntar que roupa ela estava vestindo no momento da agressão, como se, em vez de vítima, a mulher fosse supostamente a sedutora do agressor, o que é um absurdo, pois o estupro não é ato de amor, e sim de extrema violência. Apavorada com a gravidez resultante do estupro, a personagem Valdirene (e outras tantas iguais a ela) opta por comprar um medicamento, originariamente utilizado para úlcera estomacal, e que, por causar contrações uterinas, é contraindicado para gestantes. Como houve uma procura muito grande por esse remédio, desde 1998 sua venda foi proibida, ficando restrita sua utilização a hospitais credenciados na Agência Nacional de Vigilância Sanitária (Anvisa), para a indução de partos e para abortos legais. Farmacêuticos inescrupulosos entretanto, começaram a vender essas pílulas no câmbio negro a preços extorsivos (de R$ 50,00 a R$ 100,00 cada uma), para mulheres desesperadas com a ocorrência de uma gravidez indesejada. Atualmente, essas pílulas são vendidas inclusive por camelôs e pela Internet, e muitas são contrabandeadas do Paraguai, EUA e Europa. Muito a propósito, foi publicada em 29 de maio de 2005, na *Folha de S.Paulo*, uma reportagem sobre o assunto com relatos impressionantes de mulheres que sofreram graves danos pelo uso dessa pílula, como hemorragias, infecções uterinas, ruptura uterina, perda do útero e até mesmo a morte. Nos últimos doze meses, ainda segundo esse jornal, oitenta mulheres foram internadas em hospitais públicos com sequelas decorrentes do uso do tal remédio. Muitos desses comprimidos contrabandeados não contêm a substância devida, sendo meros placebos, ou então contêm a substância em baixa dosagem. Nesse último caso, segundo os médicos, a mulher usa o medicamento e tem um pequeno sangramento, supondo então que abortou. No entanto, esse sangramento torna-se um ambiente propício para a proliferação de bactérias que vão causar uma infecção, com consequências desastrosas. Outras usuárias, quando não conseguem o efeito desejado, entram em desespero e vão ingerindo e introduzindo na vagina pílulas e pílulas, como, acredite quem quiser!, é o caso de uma mulher que chegou a usar o total de 28 comprimidos(!) e não conseguiu abortar. O bebê nasceu saudável, sem sequelas: felizmente para ambos, os comprimidos eram placebos. Quanto às clínicas clandestinas, mulheres com condição financeira abortam com assepsia e anestesia em tais locais, contando com a assistência de médicos e enfermeiros. Elas sobrevivem e não têm sequelas. Sobra para as mulheres pobres, que não têm acesso a tais clínicas, recorrer às aborteiras de fundo de quintal que agem de maneira repugnante, com agulhas de crochê, tricô, sondas, etc., em processos medievais, sem assepsia e sem anestesia, deixando sequelas terríveis e até mesmo matando suas pacientes; ou então às atuais pílulas abortivas, por meio das quais tornam-se vítimas de verdadeiras máfias que comercializam comprimidos falsos em farmácias de periferia, vendendo muitas vezes um destino fatal. Uma triste história me foi contada, tempos atrás, por um médico de hospital público. Ele atendeu uma adolescente que lhe disse: "Doutor, eu transei pela primeira vez e de cara engravidei. Desesperada, fui a uma aborteira que me fez o aborto sem anestesia e sem a menor higiene. Agora estou internada aqui no hospital... Será que eu vou morrer?". O médico concluiu: "Ela morreu de peritonite dias depois; não consegui salvá-la. Foi a maior frustração da minha carreira de médico, ver aquela vida tão jovem se perder pela ignorância e pelo desespero...". É evidente que todo esse horror poderia ser evitado, caso houvesse um programa efetivo de planejamento familiar que desse às mulheres de baixa renda acesso a todos os métodos anticoncepcionais existentes no mercado, equiparando-as às mulheres de melhor poder aquisitivo e que têm orientação ginecológica constante e efetiva. Houve manifestação recente do Ministério da Saúde, nesse sentido, afirmando que pretende arcar com 100% dos custos de todos os anticonceptivos, para atingir a população usuária do Sistema Único de Saúde (SUS). É torcer para que isso se torne realidade. Também dentro desse contexto, é importante falar sobre outra pílula, a chamada "pílula do dia seguinte", que o Ministério da Saúde distribui por postos de saúde de todo o país e cujo uso vem sendo contestado por determinadas cidades, através de suas câmaras municipais, por a considerarem abortiva. Para os especialistas, a "pílula do dia seguinte" não é abortiva; muito pelo contrário, ela diminui o número de abortos justamente por ter em sua composição uma concentração elevada de hormônio feminino, o que impede totalmente a gravidez. Então, a pílula torna-se um importante instrumento para uma contracepção emergencial, como, por exemplo, em casos de estupro, falha da pílula anticoncepcional ou transa sem proteção. Os especialistas também alertam que ela deve ser utilizada apenas sob prescrição e orientação médica, e não como um anticoncepcional rotineiro (pílula anticoncepcional ou camisinha), porque, além de ser efetiva só até 72 horas após o ato sexual, também tem efeitos colaterais: náusea, vômitos, dor de cabeça e irregularidade menstrual. Agora, retornando ao assunto Valdirene, se ela não fosse uma personagem de ficção, e sim uma mulher real que tivesse o infortúnio de ter sido estuprada, primeiro, ela deveria ir a uma Delegacia da Mulher de sua cidade (na ausência de tal delegacia, serviria outra delegacia como já foi dito anteriormente), onde denunciaria a violência sofrida. O delegado então registraria um boletim de ocorrência (BO) e daria início a uma investigação — isso é importante porque garantiria a Valdirene o atendimento num hospital público, onde seria examinada e, além de tomar a pílula do dia seguinte para evitar uma possível gravidez, receberia também remédios que a preveniriam da contaminação por doenças sexualmente transmissíveis (DSTs), como a Aids e outras. O ideal é que houvesse também um apoio psicológico. De qualquer maneira, a vítima deve sempre ser tratada com respeito e sensibilidade. A denúncia é importante porque possibilita à polícia procurar pelo indivíduo em questão, para que seja responsabilizado por seu ato, considerado crime hediondo por lei. Caso contrário, ele ficará impune. Geralmente ele já fez outras vítimas — o reconhecimento por elas, após a sua captura, será fundamental para o processo. É importante também abordar, dentro do contexto do livro, o problema da gravidez precoce. Segundo o censo de 2000, ela é nove vezes maior entre meninas de baixa renda e pouca escolaridade, ou seja, 223 grávidas por 1000. Entre as garotas mais instruídas e de maior renda, a taxa é muito menor: 22 grávidas por 1000. Contudo, segundo pesquisas recentes, o número de adolescentes grávidas, entre 15 e 19 anos, caiu 10,5%, no país. Causas prováveis: a mídia abordando o assunto, novelas, programas jornalísticos voltados para adolescentes, campanhas sobre Aids e outras DSTs (há inclusive uma campanha para a prevenção de hepatite – a hepatite B, por exemplo, é contraída também por via sexual). Mas, na Bienal do Livro de 2004, em São Paulo, confesso que fiquei impressionada com a quantidade de garotas grávidas, mal-entradas na adolescência. Há meninas de 15 anos que já têm dois filhos, de 17, com três. Já encontrei, em escolas, garotas grávidas com 10 anos! O fato é que os jovens estão começando a ter relacionamento sexual cada vez mais cedo. A pergunta que não quer calar é a seguinte: se há, nos postos de saúde, distribuição gratuita de anticoncepcionais (pelo menos camisinhas e pílulas anticoncepcionais), disponíveis para mulheres de baixa renda, inclusive adolescentes; se as escolas, ainda que de forma não perfeita, alertam para o fato; se há livros, palestras falando no assunto, por que isso ocorre ainda de forma tão expressiva? Na verdade o Brasil é um país extremamente erotizado: tudo remete à sexualidade e, não raras vezes, à exploração da figura feminina – qualquer produto anunciado, lá vem junto a figura de uma mulher sedutora. Em novelas, revistas, programas de auditório, etc., a sexualidade está sempre explícita, de forma obrigatória. Uma neuropediatra brasileira já aventou até a hipótese de que, exposta continuamente a esse bombardeio erótico, a parte do cérebro responsável pela sexualidade humana amadureça mais cedo nas crianças. Outro ponto a ser considerado é o fato de a garota namorar um rapaz mais velho. Como é muito jovem, e muitas vezes desinformada, ela se acanha de pedir ao rapaz que use um preservativo, de medo que ele pense que é uma "vadia que vive transando por aí...". Ao mesmo tempo, ele pode pensar que ela o julga promíscuo, quer dizer, um "galinha". Então, o casal transa sem proteção, e dá-lhe gravidez – há inclusive um mito de que na primeira transa ninguém engravida. Além disso, a gravidez precoce costuma apresentar-se muitas vezes como opção de vida para garotas sem perspectiva ou projetos futuros. No entanto, o Brasil é um país conservador e machista: ao homem tudo se desculpa; o ônus da maternidade, com todos os seus encargos, recai geralmente sobre as mulheres, sejam adolescentes ou não. Calcula-se que um terço das crianças que nascem anualmente no país não tenha em suas certidões de nascimento o nome paterno. Os pais, na maioria dos casos, ao saber de uma gravidez inesperada da parceira, simplesmente desaparecem. Embora a Constituição de 1988 tenha equiparado acertadamente todos os nascituros, eliminando a triste pecha de filho bastardo, e até mesmo a inscrição no INSS exija apenas o nome materno, na realidade a coisa se complica porque toda criança tem o direito de saber quem é seu pai. O Superior Tribunal de Justiça acaba de reconhecer o direito à paternidade do filho de um cidadão que se recusou a fazer o exame de DNA; supôs acertadamente, que a recusa se baseava na certeza da paternidade. Essa decisão foi importante porque firma o que, em Direito, se chama jurisprudência e pode servir de referência em casos similares. Acontece que gravidez, ainda que perturbe, e muito, a vida das adolescentes – que, muitas vezes, por vergonha da barriga, abandonam os estudos, jogando por terra a chance de um futuro profissional –, não é doença; mas, ao transar sem preservativo, corre-se o risco de pegar alguma DST. Segundo um médico ginecologista, houve um aumento considerável de contaminação pelo papilomavírus humano (HPV) entre as jovens e, naturalmente, entre seus parceiros. Esse vírus costuma causar verrugas genitais. Mas, conforme pesquisa divulgada pelo Instituto de Pesquisa em Oncologia Ginecológica (IPOG), cerca de 80% das mulheres infectadas pelo HPV e a maioria dos homens infectados não apresentam tais verrugas, e por isso desconhecem sua condição de portadores do vírus, ficando sem tratamento e infectando novos parceiros. Além disso, esse vírus causa preocupação porque está presente em 98% dos casos diagnosticados de câncer de colo de útero. A boa notícia é que cientistas acabam de descobrir uma vacina contra o HPV. Segundo um estudo da Sociedade Europeia de Doenças Infecciosas Pediátricas, o ideal é que essa vacina seja tomada por pessoas que ainda não tiveram relações sexuais – entre as 1529 pessoas estudadas, os níveis de anticorpos contra o HPV foram mais altos na faixa etária de 10 a 15 anos. Cogita-se até que a vacina, que deve estar à disposição em 2006, seja incluída no calendário oficial de vacinações. Enquanto a vacina não chega, a garotada deve se cuidar porque ainda existem as outras DSTs, sem esquecer da pior delas, a Aids. E, se possível, adiar o início da vida sexual. Sexo é parte importante da vida, na época adequada, com informação e responsabilidade. Ter filhos e assumir tanto a paternidade quanto a maternidade também. Não dá para simplesmente jogar com a sorte e depois ficar arrancando os cabelos de preocupação.

Em *Sonhar é possível?*, você trata também de um tema que assusta e preocupa muito a sociedade: o consumo e o tráfico de drogas. Na sua opinião, como esse problema deve ser combatido?

• Depois da maconha, da cocaína, do *crack*, da heroína (felizmente, ainda de uso restrito no Brasil, por ser muito cara), entramos na era das drogas sintéticas. Todo dia aparece uma triste novidade. Drogas sintéticas dão muito lucro, porque são vendidas por unidade e a um preço bem mais alto do que o da fabricação. Também são mais fáceis de transportar. Volta e meia são apreendidas milhares de drágeas, que, por ocuparem pouco espaço, são trazidas de diferentes países, como Inglaterra, França, Bélgica e leste europeu. As *mulas*, nome dado às pessoas que as transportam, são geralmente jovens da classe média, bem vestidos, para não levantar suspeitas, que usam malas de fibra de carbono capazes de distorcer a leitura dos aparelhos de raios X dos aeroportos. A mais famosa droga sintética no momento é o *ecstasy* ou *E*, a também chamada pílula do amor – 70% das pessoas que atualmente procuram tratamento são dependentes dela. O *ecstasy*, um tipo de anfetamina, foi criado na Alemanha no início do século passado, para combater a depressão. Isso porque causa uma descarga de serotonina, neurotransmissor cerebral responsável pelo prazer e pela alegria. Quatro a seis horas depois do consumo do *ecstasy*, não há mais produção de serotonina e o usuário começa a se sentir mal. Dias depois, advém intensa depressão e melancolia: é mais ou menos como um carro que é dirigido a toda velocidade por uma estrada deserta até acabar a gasolina, e não há nenhum posto por perto... Desesperados por manter todo aquele entusiasmo, há usuários que ingerem oito comprimidos numa mesma noite. A longo prazo, a droga diminui a capacidade de raciocínio, memória e atenção, danificando seriamente os neurônios. Segundo organismos internacionais, já estão surgindo vários casos de Mal de Alzheimer (doença degenerativa dos neurônios que costuma atingir pessoas idosas) em usuários do *ecstasy* com apenas 20 anos! O *ecstasy* é consumido geralmente por frequentadores de *raves*, festas que, devido à fiscalização dos últimos tempos, têm migrado das cidades para sítios ou chácaras, onde reúnem milhares de participantes que dançam horas e horas seguidas, aparentemente sem cansaço físico. Parte expressiva desses dançarinos utiliza o *ecstasy*, que lhes dá essa energia toda, aumentando inclusive a sensibilidade corporal. Entretanto, a droga causa também desidratação: é só reparar como os usuários costumam dançar com uma garrafinha de água mineral nas mãos, por causa da sede que o *ecstasy* acarreta. Houve um caso de uma garota brasileira que tomou tanta água que teve um edema pulmonar, quer dizer, ela morreu de *overdose* de água, porque o corpo não conseguiu metabolizar a quantidade de líquido ingerida de uma só vez. Além disso, como o *ecstasy* aumenta a temperatura corporal, está se tornando rotineiro nos prontos-socorros o atendimento de pessoas com temperaturas de 40, 41 e 42 graus depois do consumo da droga — há casos inclusive em que o sangue chega a coagular. Quanto às drogas de origem natural, mesmo a maconha, que muitos teimam em dizer que é inofensiva, causa sequelas a longo prazo, conforme estudos médicos: "Diminuição na capacidade de raciocínio, memória e atenção. Suspeita-se que a droga danifique os neurônios. Não há provas de que esses prejuízos sejam irreversíveis. Aumento do risco de doenças psiquiátricas, como esquizofrenia e depressão. Propensão ao câncer de pulmão. Os componentes da maconha são seis vezes mais tóxicos do que os do cigarro". (Fontes: OMS, Universidade de Harvard e Hospital Albert Einstein. *Veja*, 8/6/2005.) É evidente que, enquanto houver usuário, tanto eventual quanto dependente, haverá o tráfico, visto serem todas essas drogas ilegais. No Brasil, em certas regiões, o tráfico tornou-se um poder paralelo: carteiros, entregadores de mercadorias, visitantes, quem quer que precise adentrar o espaço dominado por ele, precisa de ordem expressa dos traficantes, que delimitam até o tempo de permanência no local, o que é absurdo. O poder do tráfico corrompe policiais e autoridades, compra impunidade, está por trás de levantes de cadeias, articula sequestros, ataques a quem se oponha a ele e um sem-fim de crimes. Mesmo presos, os grandes traficantes continuam com o poder, através de advogados ou parceiros inescrupulosos que servem de pombos-correios para suas ordens. O Brasil aprovou recentemente a *lei do abate*, que autoriza a Aeronáutica a abater aviões que não se identifiquem e/ou não tenham rota aprovada quando da entrada em território nacional, e são utilizados geralmente pelo tráfico de drogas. Isso fez com que os traficantes, atrevidos como sempre, passassem a usar mais as fronteiras terrestres, que, pela sua extensão, facilitam a entrada de drogas e armas vindas de outros países. A vigilância deve ser constante, mas para evitar o aliciamento por traficantes, policiais deveriam ser bem pagos, o que diminuiria a corrupção. Isso também permitiria que o policial morasse em lugar seguro, e não muitas vezes em favelas, ao lado dos pontos de droga, tendo até que esconder sua verdadeira profissão para não ser morto pelo traficante, seu vizinho, que ele deveria prender. Quanto aos jovens, informação é fundamental para prevenir. Se já forem dependentes de alguma droga, devem ser estimulados a pedir ajuda. Se recaírem no uso, a tentar novamente a abstenção. É preciso que o dependente tenha realmente vontade de deixar a droga, caso contrário, não há tratamento que funcione. O melhor seria evitar qualquer tipo de droga porque não é fácil, a longo prazo, manter-se longe dela. É evidente que há casos notáveis de persistência, em que pessoas se livraram da dependência, como acontece também com dependentes de drogas legais, como o álcool. Os jovens estão começando a beber cada vez mais cedo, e são muitos os que chegam em estado de pré-coma alcoólico nos prontos-socorros, após as baladas. Na periferia de São Paulo, consome-se geralmente maconha e *crack*. Feito a partir da pasta da cocaína, o *crack* é uma pedra para ser fumada em cachimbos improvisados, causando dependência em curto espaço de tempo; a longo prazo, praticamente frita os neurônios e pode levar o usuário à morte. Nos morros cariocas, vende-se atualmente o que eles chamam de "cocaína malhada", isto é, mistura de cocaína e *crack*. Geralmente a cocaína é misturada a outras substâncias, rendendo três vezes mais que a substância inicial, o que triplica o lucro dos traficantes e põe ainda em maior risco a saúde dos usuários. Mas, voltando à periferia de São Paulo, o costume agora é o traficante cortar com torquês um dedo da pessoa que fica em débito com ele; se continuar devendo, pagará com mais um dedo. Há garotos que já perderam três – depois dos dedos, certamente, pagarão com a vida. Há mães que já perderam três filhos – está havendo no país quase um genocídio de rapazes de 15 a 24 anos, mortos pelo tráfico porque eram minitraficantes ou dependentes que ficaram em débito com os fornecedores da droga. Na Inglaterra, recentemente, como alerta aos consumidores de drogas sobre os danos físicos e psicológicos que elas podem causar, a Internet veiculou fotos de dependentes tiradas de tempos em tempos, à medida que eles mergulhavam no seu inferno particular. Quem viu, jamais esquecerá aqueles rostos destruídos, as faces desmoronando, cadavéricas... verdadeiras múmias: filme de terror perde! Fica a pergunta: Quem é o verdadeiro *otário* nessa história? Aquele que não quer nada com as drogas, optando por uma vida longa e saudável e um futuro promissor... ou aquele que se julga muito esperto e vai acabar como os caras que apareceram na Internet, ou então sem dedos, ou até morto pelo tráfico?

Hoje, você tem dezenas de livros publicados, vários prêmios e muitos leitores. Como você se sente quando pensa em sua trajetória de vida?

• Ah, tão bem! Lembro aquela menina sonhadora que decidiu que queria ser escritora e não mediu esforços para isso. Olho meus originais, pastas e pastas, quando ainda datilografava meus textos, os disquetes, depois que comecei a trabalhar com computador... Meus livros – que somam centenas de edições, milhões de exemplares vendidos – perfilados nas estantes, como provas vivas de tudo que conquistei, pelo meu esforço e devoção. As crianças, nas escolas onde dou palestras, todas com meus livros nas mãos, querendo autógrafos. Os professores que adotam minhas obras porque confiam no meu trabalho. Outro dia, fui inaugurar em São José dos Campos (SP), numa escola pública de periferia, uma biblioteca com meu nome, escolha dos alunos. Perfilados no pátio, cantaram o Hino Nacional. Confesso que me emocionei, tanto pelo hino que acho belíssimo e sempre me comove, quanto pelo significado daquela homenagem. E disse pra mim mesma: "Valeu, garota!".